核・普羅米修斯之墓

YANG

——著——

【推薦序】以「核」為鏡，映照人類未來的結局

文／紀昀一（金車奇科幻文學獎特優得獎作家，代表作《佔領天空》）

如果有一天，「核能」被人形化且有了思考能力，故事會怎麼發展？「核能」是能量、是爆炸、是國家紛爭的源頭，是任何能牽扯上「破壞」的用詞，我抱著這種想法翻開了《核．普羅米修斯之墓》。

二十三世紀的地球，太陽遭自稱「上帝」的外星人所遮蔽、地球被稱作烏奇的巨型變異生物所侵襲，而人類則將希望寄託於被囚禁在普羅米修斯之墓的「核」。

在陣營設定如此明確的世界觀裡，卻沒有與「破壞」作為出發點的章節，取而代之的，是作者以樸實而幹練的文字，加上非人的「核」獨有的純淨視角，兩者交互相融後，淬鍊出一個帶有靜謐氛圍的故事。

偌大的世界觀搭配細微的情緒描寫，彷彿站在遙遠的北極星上，遠望地面一隻正在顫抖的螞蟻。自在游移於宏大與微小之間，展現出作者掌控大局卻也深刻刻畫細節的游刃有餘，使讀者彷彿

也與「核」一同昂首觀察這與認知不同的天空。

作者透過對世界的描繪替「核」上了色調、灌注人性，這令終其篇章都得不到「核」五官四肢等長相資訊的我們，都能深刻體會到「核」既不是人卻也是人的事實。

實際上，「核」就是現代人類普遍價值觀的展現，透過「核」的自我對話傳達人性的複雜、對科技的依賴，必將導致環境破滅的結局，即便那或許是在很久很久以後的未來才可能成為現實。

而比起劇情展開，有個更急迫得到解答的問題不斷在我腦中盤旋——

科幻小說的意義是什麼？作者又為什麼要選擇這個題材？

科幻作品的撰寫從來都像是高空建樓，沒有所謂的基底、沒有任何依據可循，全憑作者對於「現代」通往「未來」過程中，其不確定性的想像所構成。

因為「科幻」是人類嘗試在有限的視野中去碰觸遙不可及未來的縮寫；是明知那未來擁有高度不確定性，卻還試圖去描繪的執著。

而隨科技日新月異的情況，由執著所生的《核．普羅米修斯之墓》不就成了現實的延伸嗎？

就讓本書帶領你，重新檢視我們可能必須面臨的未來吧！

自序

這是我寫的第一個科幻故事，卻不是第一個「非人」的故事。

曾經，在《無鬼咖啡館》和《大荒遺冊》中描寫上古傳說的鬼神和傳奇裡的人物活過千百年歲月來到現世；在《止戈》和《問天》中描寫神兵利器的器靈如何修得人身進入人間，在江湖廟堂間攪起風雲。不同於這些故事的主角們或多或少都曾在時間洪流裡曾留下痕跡，他們或是歷史書冊中刊載，或是傳奇本子裡傳述，身雖非人，卻又似人，有著人的外在形態，學人的言行，甚至，更為人性。

而這個故事，主角非人，也非妖，尤有甚者，是無形、無跡、無以為名的能源。

「核」，這個曾經被譽為世界上最乾淨、可靠的能源，不僅為人類社會帶來動力、熱量和電能，一度還成為保家衛國的強大武器。卻又在一次次核災輻射事故中，引起世人恐慌。

擁核還是廢核，兩派各有主張，至今爭議不斷。反核者有之，擔憂一旦發生核災將對土地、人命造成重大危害；擁核者有之，認為核能發電屬於乾淨的能源，在供給大量電力的同時，也能降低空汙、減少碳排放。

即使數年前的反核公投已有定論，但在面臨接二連三跳電、缺電危機時，核電的存廢問題終於再度沸沸揚揚起來。

古人云：水能載舟，亦能覆舟。如今「核」成了載舟覆舟的水，可決定載舟或覆舟的，真的是水自己本身嗎？對於能源的提供、核武的存在，難道可以單純用「有事鍾無豔，無事夏迎春」這種輕率的態度去應對嗎？

忽然我有個念頭：若核有了思想，它會如何思考這些問題？

於是有了這個故事。

二〇二五年一月冬・望春歸

Contents /目次

In the beginning God created the heaven and the earth. And the earth was without form, and void; and darkness was upon the face of the deep. And the Spirit of God moved upon the face of the waters. And God said, let there be light: and there was light. And God saw the light, that it was good: and God divided the light from the darkness. And God called the light Day, and the darkness he called Night. And the evening and the morning were the first day.

(Genesis 1:1-5)

起初，上帝創造天地。地是空虛混沌，深淵上面一片黑暗；上帝的靈運行在水面上。上帝說：「要有光」，就有了光。上帝看光是好的，於是上帝就把光和暗分開。上帝稱光為「晝」，稱暗為「夜」。有晚上，有早晨，這是第一日。

〈創世紀〉1:1-5

Chapter 01

怪異的世界

我是核。當阿原博士將我從普羅米修斯之墓放出來時，他告訴我現在是西元二二三〇年。二三〇年，距離當初我被關起來的時候，已經過了整整兩百年。

阿原博士穿著緊身的銀質衣服，胸前的右邊口袋伸出一條細細長長的透明管子，管子末端是一個面罩，剛好覆住他的口鼻。他說這條透明管子能將他呼出的二氧化碳直接而有效地轉化成氧氣再利用，在這個時代，人類再也不需要依賴厚重的氧氣筒，就能在水底下、山洞裡順暢呼吸。

他沒有戴安全頭罩，所以我能清楚地看見他的模樣。其實，他的樣子已經跟我記憶中的人類形象有些不一樣了。我不能明確地說出哪裡不同，但比較像是我在書本上看過的舊石器時代的尼安德塔人。根據一些特徵，像是高而圓的頭顱、扁平傾斜的顱骨、大而突出的鼻子與碩大的眉脊，以及更利於直立行走的寬大腳掌等等，你會知道具有這些特徵的動物不該再以猴子名之，而是冠以人類的遠祖之名。然後隨著時代演進，人類的遠祖在歷史裡會站得更直，漸漸地體表毛髮變得稀少；接著學會用火，再從簡單示意的聲音進化成使用具有組織架構的語言來溝通。

如果將不同世代的人類排列在一起，你還會發現演化的奧妙，為了適應環境變遷，不知不覺間人類的外在形象有了很大的變化。依據這樣的模型推演，所以我原先預期的、兩百年後的人類應該長這樣：由於科技越來越發達，具有高度人工智慧的機器人包辦了所有的勞務工作，人類的四肢因此逐漸萎縮，必須依賴機器輔助才能長久站立，只有大腦會因為活躍思考而較身體的其他部分龐大。或許，還會穿上一件由精密儀器裝備而成的「衣服」，好保護柔軟的肌肉、脆弱的骨骼，從而變成另一種型式的「機器——人」。

可是兩百年過去了，眼前的阿原博士並沒有如我預期般發展成碩大的頭、瘦弱的身材。相反地，我留意到這一身銀質的緊身衣將他的四肢繃得很緊，肌肉看起來很結實，頭顱卻格外地顯小，身體甚至還有點屈起來的感覺。阿原博士臉上有幾道深深的皺紋，髮根處露出的短白銀絲洩露了他的滿頭黑髮其實是染過的事實。我猜測他的年紀至少六十歲了，可是六十歲的男性為什麼肌肉會這麼發達，感覺甚至勝過一個身強體壯的拳擊手呢？

我沒有說出我的疑問。或許，阿原博士特別喜歡運動吧，也可能這兩百年間科學家又發明了什麼稀奇古怪的保健用品，能持久地幫人類維持體能巔峰。

阿原博士在前面領路，一路上我們幾乎沒有交談。我知道人類在地底下行走並不容易，就像在高海拔的地方會因為無法吸到足夠的氧氣而感到不舒服，他們在地底下或水裡也一樣。所以我不想打擾阿原博士專心呼吸造成他的不適，只默默地跟在他後頭。

普羅米修斯之墓——一個以希臘神話中神祇為名的地底空間，長寬深各一百公尺。人類用它來囚禁我已經兩百年了。

這裡距離地表三十公里深，延伸出的六面牆壁各有十公里的厚度，是用嚴實的水泥加上能防止輻射外洩的特殊材質所建成的。嚴格來說，普羅米修斯之墓對外只有一道銀白色的門，隱沒在銀白色的牆面內，不留一點門框痕跡。門外是長達二十公里的甬道，每隔兩公里設有一個厚達七公尺的弧形門作為安全隔絕裝置。甬道盡頭是一個小小的天井，井面上嵌著一道長長的鐵梯向上延伸，延伸道上每隔兩公里也設置有相同弧形拱蓋，以加強阻絕任何可能發生的輻射汙染。

從地底空間到甬道之間，沒有任何快速運輸的方法，只能靠著一雙腳徒步行走。這樣設計的原因其實很簡單，因為普羅米修斯之墓唯一的用途就是將我關起來，自然不需要電梯什麼的運輸工具，就連弧形門、拱蓋等的設計，全是從外頭手動鎖起。不過，現在既然是由阿原博士帶我離開，所有的門當然都開了。

我看著阿原博士微微屈起肩膀走路的模樣，安全頭罩半掛在腰帶上，一下一下碰撞他的銀質衣服，看起來有點可笑。思考了一下後，我決定告訴他：「你可以把頭罩戴起來，我不介意。」

我的聲音迴盪在甬道裡，語氣平靜緩和，並不是很大聲。阿原博士似乎很訝異我開口說話，只見他腳步頓了一頓，語帶遲疑：「我不希望你將我當作那些把你關起來的人。」

「我知道。」我點點頭表示理解，如果阿原博士厭惡我，他大可不必將我釋放出來。「但你既然穿著兩百年前的防護衣，應該也相信它的確能保護你。你還是把頭罩戴起來，比較安全。」

「我不是怕輻射……這是將軍的命令。他擔心安全問題，堅持我們一定要穿戴所有設備。」

我不知道阿原博士口中的將軍是誰，除了是他下令放我出來這件事以外，我對他一無所知。我也曉得阿原博士之所以不肯戴頭套，是因為他覺得這是一種相互信賴的友善表現。不過，生命怎麼能拿來開玩笑呢？特別是脆弱的人類；雖然我不知道二〇三〇年的防護衣到現在還有沒有效，但我仍希望他以自己的性命為重。

對於我的堅持，阿原博士露出苦笑，最後還是把那頭罩笨拙地戴上去了。可能是因為我開口說話，他不像之前那樣拘束，我們也不再一前一後走著，而是並行前進。他說，地球上只剩下我了。

雖然我早料到這是必然的結果，但我還是感到吃驚，畢竟到現在為止只是經過了兩百年而已。兩百年……「印13、智17、墨23呢？」我連問了幾個同伴的下落，依照我原本的估計，他們至少還能存活五百年。

「沒有了。」阿原博士彷彿知道我在想什麼，在我再度開口前搖了搖頭：「在二〇四〇年之前他們就都被人類使用光了，現在全世界只剩下你。」

不到二〇四〇年？那就表示在我被關起來後還不滿十年的時間內，同伴們就一個個消失了。十年間消耗掉能使用五百年的能源，人類在這十年裡做了什麼？我搖著頭，無法想像，也不知從何問起。

「你還好吧？」阿原博士隔著頭罩，擔心地看了我一眼。

我沉默地點點頭，又繼續往前走。

空蕩蕩的甬道裡，我們的腳步聲被特殊調製的水泥牆面吸收，像是兩縷幽靈走在寂靜的道路上，不知道盡頭在哪裡。

我是核。除了我以外，同伴們都只有代號。代號是由兩個部分組成的，第一個字母代表的是國家地區的簡稱；第二個是數字。簡單來說，就是某個地區第幾座核能發電廠的意思。

我沒有代號，那是因為我就是核。有些同伴稱我「烏塔爾」，這個字包含許多複雜的意思，用人類的語言來解釋，可以翻譯成同伴朋友，也可以說是父母、兄弟或姊妹，還有，守護者。

其實，能量是有思想的。只是當它散布在世界各個角落時，它們非常微弱，完全比不上聰明的人類。但一旦將它結合在一塊，它將跟人一樣，擁有智慧。

隨著科技快速發展，看電視需要電、上網需要電、開車需要電、工廠需要電……傳統的發電方式，不管是火力、水力還是所謂的風力綠電，早已供不應求，唯有核能是唯一的例外。核原料透過核裂變就能產生巨大的能量，足以提供人類便利的生活所需。也因此很長的一段時間，人類自認為可以隨心所欲地駕馭地球上任何的能量。

一直到全球各地發生數起核電廠爆炸事件，致命的輻射大量外洩、滲入到海洋底層，在經歷一樁樁無可挽救的傷害後，人類開始感到恐懼。最終，在聯合國安理會的強力介入下，一個名為「普羅米修斯」的法案通過了——除了被列為「高度必要」的核電廠外，其他散在世界各地的核原料被強制蒐羅集中處理，永久地掩埋棄用。

也是在這個過程中，核無意中積聚了前所未有的豐沛能量，聰明的人類甚至將無形的核具體化為有形。我開始有了形體，具有溝通的能力；中性特質，不是男性，也不是女性，但卻擁有人類的外表。

有整整三年的時間，我與聯合國普羅米修斯小組共同擔負起熔合各地同伴的任務。當然這個過程並非一帆風順，因為不是每一個地區都歡迎普羅米修斯小組的到來，這些地區的人們往往堅持當地經濟還很落後、長期飽受資本主義掠奪，還有為了餵飽人民、提供生活所需遠比追求什麼無汙染更重要。

即便遭遇這些困難，經過種種溝通交涉，我好不容易熔合了全世界近八成的同伴。每一個同伴在我體內暴烈地滋長、衝撞，然後安生下來，它們開始稱我烏塔爾，意思是我保護著它們，擁有它們。

我不只熔合同伴，我還熔合了它們的思想。我在它們的記憶裡看見人類如何藉著核能源，從荒僻的鄉村發展成欣欣向榮的都市；我看見數不盡的電子產品、汽車消耗品，以飛快的速度問世、然後又被厭倦丟棄；我看見一座座不停建蓋的廠房，以刺激疲乏經濟的名義，鼓勵消費、投入生產，又在生產過程中排放汙染，周而復始。我還看見爆炸的火雲橫衝天際，漫天的黑塵遮住天幕，向四面八方落去。

我甚至能聽見同伴的聲音，一句句質問：「烏塔爾，人類為了取得最便利的生活，無所不用其極壓榨我們，要我們無止盡地供應他們的欲望。可是當我們好不容易能滿足他們了，為什麼又要因為我們擁有的力量，開始恐懼我們、想要消滅我們呢？」

我不知道該怎麼回答這些質問。或許，當人類塑起我的形體時，也一併植入以人類福祉為最高利益的程式吧。

「到了。」阿原博士說。

順著垂降下來的繩索我們爬出了天井。外面的天空很暗，我本來以為這是一個沒有星星的夜晚。但我發現阿原博士沒有把透明管子拔掉。

我還發現天井旁站了一對男女，他們穿著和阿原博士同樣的銀質衣服、同樣延伸到右方口袋的透明管子，以及頭上那頂安全頭罩。博士介紹說他們是他的學生，女性名叫霍然，男性是橋之門，剛剛就是他們放下繩索，協助我們從天井底上來。很明顯，他的兩位學生不像他一樣信任我的溫馴，也可能是不知道該怎麼跟「能量」相處，只隔著安全頭罩朝我點點頭，默默地跟在阿原博士身後，協助收拾起升吊器。

我不是很在意霍然和橋之門對待我的態度，因為我的注意力完全被眼前的情景所吸引：灰濛濛的天空，就像是斑駁的白色牆面在雨水的浸淫下變成一點點的霉斑。這是白天，但沉鬱得讓人窒息。然後是一望無際的叢林，每一棵入眼的植物都比我記憶中更加高大，直直地刺進天空，黏膩的，陰森森的。

最讓我訝異的是他們開了一輛……這叫做什麼？吉普車嗎？它的款式很舊，是二十世紀初黑白電影中西部牛仔片裡壞人開的那種，會發出喧鬧的噪音，很張揚，很吵。

在我被關起來的那一年，早就有能飛天的拉風跑車，所有的植物依照地球所需妥善照料，依循人類喜好按區域生長。現在，除了大家身上那套兩百年前的防護衣設備勉強能稱為「現代」外，我有種身處在落後世界中的荒謬錯覺。

阿原博士隨著我的視線抬頭，抬頭仰望高大的不知名植物。彷彿看出我的疑惑，他說：「你看，這就是二二三〇年。」

Chapter 02

耗弱的地球

在上吉普車之前，發生了一件小意外。我踩到一片落葉，從鞋底下傳出「嗤」的一聲，似乎落葉底下有什麼堅硬的東西，而我不小心把那東西踏碎了，一股濃烈的氣味應聲散出。我正低頭尋找氣味的來源，阿原博士卻猛地將我往旁邊一拉，並發出十分急促的音調，聽起來像是「烏奇！」，但我不知道那是什麼意思。

「烏奇」應該是一個命令，又或是一個警告，因為橋之門突然拔出腰間的佩槍，咻——咻！兩道悶聲伴著紅光閃爍，前後發生時間不過短短五秒鐘，我剛剛站的地方已經被轟出一個大窟窿。

大窟窿中冒出一陣白煙，很快散逸在空氣中。

我想，剛剛那紅光應該是類似於雷射的光束，能將有機體改變基因排序，又或者徹底分解掉。這是一種比較新的科技，大約在二十一世紀初才開始為人類所用，不同頻率的雷射光束有不同的用途，有的是為醫療運用，有的專為探勘使用，也有的像是橋之門的佩槍，屬於攻擊性強的武器。

可是當白煙飄散後，我發現大窟窿底的土層看起來有些不對勁，只見那土層漸漸地被推高了。不是很快的速度，改變也不明顯，但只要眨一眨眼睛再仔細看，就會發現土層離地面又近了一些。彷彿底下有許多小螞蟻，努力地將厚重的土拱頂在頭上，一直向上撐起。

「快進車裡去！」阿原博士的語氣很緊張，他慌亂地將我推進吉普車後座，橋之門也迅速跟在我後面進來。等阿原博士跳上前座還沒坐定，負責駕駛的霍然已經加足馬力往前衝，將那小土堆遠遠甩在後頭。

整整兩百年的時間都沒有人到過普羅米修斯之墓，可想而知叢林裡根本沒有完整的道路足夠吉普車通行。除了阿原博士一行人來時被車輪輾過成形的一條泥巴路，四處都是垂吊的藤蔓、倒在一旁的樹幹和爬滿青苔的巨石。現下，吉普車引擎發出低沉的隆隆聲，一路上橫衝直撞，不斷跨過突然出現的障礙，隨著越來越深入叢林，倒在地上的樹幹也愈來愈巨大，有的幾乎將眼前的泥土路吞沒，逼得吉普車只得粗暴地壓過旁邊較小的樹叢，硬生生闖出一條新路來。

「霍然，妳開快一點！」橋之門突然大吼一聲，兩眼緊盯著車後。我忍不住轉頭朝後望去，剛剛的小土堆彷彿有了生命，就像被海潮推動的波浪般，節節高漲，飛快朝我們追來。

霍然臉色鐵青，單手轉過方向盤，右手幾個切換排檔，劇烈的顛簸使得阿原博士的頭罩重重撞上車頂，發出一聲巨響，我聽見他悶哼一聲，似乎撞得不輕。「博士，你沒事吧？」眼看土堆距離我們不到一百公尺，霍然忽然大喊一聲：「該死的！」一邊傾身向前，右腳死死踩住油門，吉普車在崎嶇的路上彈起，像箭一樣疾快射出。

但那橫檔在眼前的樹幹幾乎跟吉普車一樣高，好不容易這輛載著四個人的老舊吉普車前輪才爬上樹幹，剛剛還轟隆作響的引擎聲卻漸漸弱了下來。「糟糕！電瓶好像沒電了。」霍然慌亂地換檔，想阻止車子往後滑。

「可惡！」橋之門怒吼著搖下車窗，舉起雷射槍朝土堆射了好幾槍。又是一陣白煙飄散，這次我看得很清楚，土堆後面竟是一隻巨型螞蟻，牠足足有一個人類小孩高，頭上兩根觸鬚不停舞動，一對棕色複眼異常晶亮，口部兩隻大顎宛如鐮刀咔咔地開合。橋之門的槍法十分精準，每一束雷射光都打在螞蟻身上，但雷射光對牠似乎起不了太大的作用，螞蟻只稍微晃了晃身體，緊接著又朝我們步步逼近。「博士！ESim 呢？」橋之門焦急地大喊，他大半個身體掛在車窗外，單單用左小腿勾住安全帶勉強當作支點，隨時有掉出去的可能。

「拿去！」阿原博士手忙腳亂地從背包掏出一個銀色圓球狀物品，在上面快速按了幾個鍵後遞交給橋之門。

橋之門的臂力遠遠超乎我的預期，就見他接過銀球往外一拋，在天空劃出一條凌厲的銀線，竟然越過大螞蟻，直掉進叢林深處。

我暗暗叫了一聲糟糕。他這一丟起碼有兩三公里遠，就算是擔心我們被炸藥波及，也遠得過頭了，怎麼可能炸掉大螞蟻。

眼看那一對鋒利的大顎就要揮向橋之門，他居然還衝著大螞蟻行了個軍禮，對牠眨眨眼睛：「再見啦，烏奇！」這才順著我拖過他的力道鑽進車子裡。

最讓我訝異的是，那隻大螞蟻忽然放棄了追逐，反而轉過龐大的身體，慢慢朝銀球的方向爬去。「那個不是炸彈？」

「炸彈？當然不是。」橋之門縮了縮肩，表情像是我問了一個可怕的問題，不斷搖頭。「ESim 會模擬蟻后的氣味，讓蟻群以為蟻后需要保護。所以我們最好趕快走，否則待會就有很多螞蟻經過這裡，我可不想被牠們踩在腳下。」橋之門一邊說一邊打開車門下車，跟著霍然走到打開的引擎蓋前，動手幫她換電瓶。

車裡就只剩我和阿原博士。我忍不住開口發問：「博士，既然你有藥餌，為什麼不一開始就用它引開大螞蟻？」

「ESim 不是藥餌。」阿原博士看著站在車前低聲交談的霍然和橋之門，似乎想過去幫忙。霍然注意到這邊的動靜，朝博士揮了揮手，示意交給他們處理就好。阿原博士這才轉過頭來，對我解釋：「環境模擬器（Environmental Simulator），簡稱 ESim。我們用 ESim 來模擬生物的氣味、聲波、色彩，以躲避烏奇的攻擊。ESim 是管制品，除非取得特別許可，普通人禁止持有。這次因為任務特殊，加上這裡已經有兩百年沒有人進來過，不知道會發生什麼事，生態保護局才勉強發給我們許可證，但為避免其他危害，使用數量也有限制。來的路上我們已經用掉四個，剛剛那是最後一個了。」

阿原博士又探出頭，大聲詢問：「你們好了沒？」我聽得出他聲音裡的焦慮，可能是因為剛剛丟出去的 ESim 是最後一個能夠保護我們的裝置吧。的確，在這樣一座深不見底的叢林裡，人類是很脆弱的。

我打開車門走了出去，霍然聽到聲音看了我一眼，她本以為下來的是阿原博士。然後她又看向我的後面，原來博士也跟著下車了。不同於剛剛對抗大螞蟻時氣勢十足模樣，眼前的霍然根本顧不上我，只一臉憂心與博士低聲商量：「這條路太難走了，來的路上已經用掉太多電。而且，不知道為什麼竟然連備用電瓶也沒電，我們只能用走的出去。」

從這裡開車出去到有人接應至少還要三個小時，更不用說是徒步。她和橋之門剛剛已經討論過，最好的選擇是先躲到樹上，等被 ESim 引來的巨型螞蟻群過去了再行動。只是這樣一來，這台吉普車等於是徹底報廢了，為了徒步的安全，眼下最好是先把必備品拿出來。

橋之門已經著手開始收拾武器，並且喊了霍然過去幫忙；博士則是神情苦惱地陷入沉思。我走近打開的車蓋前，果然看見一個擦得很乾淨的電瓶連接著引擎，這可能是這台吉普車最新的部分。我一眼就發現，眼前這電瓶比傳統的電瓶更持久，蓄電力更強。一般來說，剛換的電瓶是不可能馬上沒電的。霍然才剛拿起螺絲起子正要去找橋之門，瞥見我突然伸手碰電瓶，連忙喝道：「你在做什麼？」

阿原博士趕緊拉住她，搖了搖頭沒作聲。

其實我什麼也沒做，只是把食指搭在電瓶上，像是要確認上頭並沒有灰塵。五秒鐘後，我靜靜說：「好了，我們走吧。」

「你，你怎麼會——」霍然太驚訝了，以至於連話都說不出來。

接下來的路程，霍然仍舊將吉普車開得飛快，我們幸運地避開巨型螞蟻群，偶爾還有些突發狀況，卻不像剛剛那般驚險，橋之門甚至還能在開槍之前吹聲口哨，邊跟我說話。對於我是如何將電瓶充滿電的事他一直很好奇，不斷探問想知道我到底是怎麼做到的？相較於橋之門的主動，霍然很安靜，她只是沉默地掌著方向盤，不時從後視鏡打量我。

「我是核，充電對我來說並不難。」

「就這樣？」橋之門有點不敢置信。

「嗯。」確實如此。我是能夠熔合同伴的烏塔爾，兩百年前人類將我關起來的時候，就已經知道我能輕易地匯集能量。這也是為什麼普羅米修斯之墓不是靠電力控制，而是用手動方式從外頭把門鎖起來。我在這裡待得太久，這麼多年來第一次遇上高蓄電的電瓶，連我自己都沒有意識到什麼時候開始汲取電瓶中的電力。但我不想造成他們恐慌，我希望對他們而言我是友好的，所以什麼也沒說。

但橋之門似乎很興奮，他已經不像剛見面時那樣處處防備，更對我能在短短時間內就充好應該要充三、四個小時的電瓶這件事感到很不可思議，甚至毫不避諱我就坐在一旁，和阿原博士高聲討論可以拿我怎麼應用。

我從他們的對話中發現，原來兩百年後的世界已經有如此大的變化。有鑒於人類曾經的過度浪費，許多的天然能源早已消耗殆盡，不管是石油天然氣，還是大片土地的沙漠化，連空氣中都含有有毒氣體（這也是為什麼三個人一直戴著呼吸管子）。在濫用殺蟲劑下，造成生物烏奇化（原來烏奇並非巨型螞蟻的名字，而是泛指所有經過變異、帶有高度抗藥性的生物）。人類不能再像以前一樣，要有電就有電，現在的電力來源主要依靠太陽能，可不知道出於什麼原因，目前正被管理當局嚴格管制、分配。如果能重啟核能，一般人的生活會比現在好很多。

「哈哈，」橋之門乾笑兩聲，露出潔白的牙齒。「我猜你一定很失望，我們現在這個年代比你那個時候還糟糕，簡直是壞透了。」

可以想像，這麼嚴峻的環境下，能夠存活下來的都是經過一番演變。動物更兇猛，植物更高大，人類的四肢更矯健。比起絞盡腦汁發展科技，還不如好好運用四肢讓自己活下來，人類自然而然進化成頭小、身體壯。所以，不是橋之門的臂力強壯，而是兩百年前的人類過慣了舒適的生活，體型太過瘦弱。

天空突然閃過一道閃電，閃電很刺眼，讓我想起進入普羅米修斯之墓那天的陽光。我以為閃電是光明的，會把這座叢林照得更亮。但這道閃電，只是將天空壓得很低很黑，像一片正在落下的黑幕。

Chapter 03

偷來的火種

一出叢林，就看見一隊軍隊正在等我們。他們的穿著和阿原博士三人很像，都是防止輻射的防護衣、安全頭罩與呼吸管，不一樣的是每個人身上都佩著槍，站得直挺挺的。在他們身後有一架……應該是戰艦吧？前窄後寬三角形的巨大艦身有足球場那麼大，優美的圓弧順著平滑的流線環抱住三個邊緣，銀色的表層跟鏡子一樣光滑。如果不是先看見軍隊，我會以為這是一件巨大的、美麗的裝置藝術。

這不禁讓人有奇異的錯亂感。

我們剛從原始的叢林出來，只能開著一台破舊的吉普車，努力對抗源源不絕的危險烏奇，但這架戰艦外觀卻出奇地前衛。當我登上戰艦後，這種突兀的感覺更強烈了。所有的東西都飄浮在半空中，好像身處在無重力的太空一樣。不知道用了什麼方式，操作人員只要下達特定手勢，物品就會飛到眼前任由擺弄。

戰艦平穩而迅速地升到六萬英呎高空，仍在繼續向上爬升，兩側的機翼反射出窗外像棉花糖般的白雲。橋之門注意到我一直盯著機翼，善意解釋：「現在的飛機都是用太陽能板做的，在動力上完全可以自給自足。為了將太陽能最大化利用，我們還有專門蒐集太陽能的燃料機，能將多餘的電力供應民生需求。」

這種概念就像是早期的發電廠，不過水力發電廠只能蓋在水邊，飛機卻是可移動的。哪裡有太陽，燃料機就飛去哪。只是飛機本身就是高用電設備，有必要為了蒐集電力，而先浪費電嗎？我不是很瞭解人類的邏輯思維，卻沒出口詢問。

「核，可以了。」阿原博士對我招手，示意我跟他走。橋之門對我做了一個「祝你好運」的手勢，才轉頭找正在看書的霍然聊天。

其實早在離開普羅米修斯之墓前，阿原博士就已經對我做了一個簡單的輻射值檢測，確認我身上的放射值在安全標準內，這才將我放了出來。

現在他要帶我去的檢測室則是更全面、更詳細的。除了輻射值測試外，還包含生物監測，甚至是心理素質測驗，這是當初聯合國安理會制定的流程。每一次我跟普羅米修斯小組一起出任務，都要通過這些測試才能出發，任務完成後也還要再測試一次。因此我很熟悉這一切程序，包括這些儀器的作用。除了有幾項儀器很明顯經過改良外，其餘的都是舊式規格。

阿原博士看出我的疑惑，告訴我自從這個世界只剩下我一個核能源後，幾乎沒有什麼科學家要研究核科技，它從一門顯學到現在成了擺在圖書館裡滿是灰塵的落後理論，且還不見得有學者想拿來引用。畢竟，聯合國將我關進普羅米修斯之墓，就是為了限制核能發展。這些檢測設備還是阿原博士從歷史資料倉庫裡翻出來的。這也難怪阿原博士來找我時，身上那套輻射衣看起來舊得不得了，應該也是出於同樣原因吧。

一直到我見到將軍後，我才知道，不管檢查的結果是什麼，阿原博士總歸是要放我出來的。不是因為這是直接出自將軍的命令，而是因為人類必須不計任何代價，賭上一把。

出乎我意料，戰艦不是停在荒無人跡又或是戒備森嚴的堡壘，而是停在一座城市的上空。機艙底與一個米白色的圓管子相連，將人從內置的高速電梯直接送達地面。

我不知道這條管子有多長，但我在高速電梯裡待了足足有二十分鐘。電梯設有自動調節氧氣量的功能，當我們進來後，阿原博士三人就把呼吸管拿掉了。阿原博士解釋，在防護罩的保護下，城市區的空氣都是乾淨的，只有離開防護區才需要戴呼吸管，避開空氣中的有毒氣體。說完後，他突然間像是不知道要講什麼，陷入了沉默。就連一路上喜歡找我聊天的橋之門也反常地顯得很安靜，而霍然則是從我進入電梯後，就一直站在電梯按鈕前，連頭都懶得回。我知道他們又將我帶回地底，深度比我之前待的地方還要深。我很想笑，卻不知道為什麼，也不知道應不應該。

人類有很多的情感我不懂，所以我不知道這樣笑出來究竟代表什麼意思。

門開了。

五公尺外又是另一道門。

我們總共經過了十三道門，每一道門在我們離開後就會在身後悄然無聲地闔上，完美地褪進牆壁裡，不留一點門縫痕跡。這過程中，沒有看到一個守衛。越是這樣靜悄悄的，我越是想笑，那是一種發自內心的、憐憫的微笑。

這裡，讓我想起普羅米修斯之墓的甬道。

但人類啊，原來你們這麼大費周章，只是想將我從一個普羅米修斯之墓，移到另一個普羅米修斯之墓而已。

人類啊，你們的先祖創造了普羅米修斯，那麼地原始，也那麼精緻。那麼地野蠻，也那麼地完美，以一個不靠電力的牢籠箝制我本可肆意揮灑的暴怒。就像是從戰士手中抽走武器一樣，讓我束手無策。

但是人類啊，在這個充滿電力的城市裡，你們還覺得這是一個好的普羅米修斯之墓嗎？

「我們不想關住你。」第十三道門打開了，一個男人對我伸出堅定的手：「你好，我是傑佛瑞・森。」

阿原博士曾對我說過，傑佛瑞・森是將軍的本名，但大家從來不叫他的名字，只喊他將軍。第一眼看見他時，我立刻明白其中的原因。眼前的男人就像是我記憶裡軍人該有的模樣，他甚至比橋之門還高，應該有兩百公分左右，包裹在軍服底下的健壯肌肉幾乎要把扣子撐得繃開。他站得一絲不苟，軍服上沒有佩戴任何勳章，但沒有勳章往往也是暗示這個男人的權力是至高無限的，所以連勳章也不需要。灰白的小平頭下方是像獵鷹一樣銳利的眼睛。獵鷹是有感情的，當牠的視線捕捉到地上奔跑的野兔時，牠的眼睛會瞇成一直線，迸出精銳的目光，張開雙翼一路俯衝到底，直到撲抓住獵物後，再以極不可能的角度轉彎而上。所有的動作一氣呵成，兇猛、強悍、毫不猶疑，就像眼前的男人。不同的是將軍的眼睛沒有感情，他帶給人的只有無止盡的壓迫感，一種絕不允許他人違抗命令的冷酷。

「你要我做什麼？」我的同伴都已經消失了，這個地球沒有任何的核能源需要我的熔合。人類創造了我，但我卻盡責地毀掉口口聲聲喚我做烏塔爾的同伴。

「我們需要你。」明明是一句請求，可將軍的口氣卻跟下達一個重要的軍令一樣斬釘截鐵、不容置疑。「我要釋放你。」

瘋子都是偏執的。我在百科全書裡看過歷史上出現過的瘋子長相，有些瘋子曾經是君王，有些是政治家，還有一些軍人以保留最優秀的人種為理由，屠殺了數百萬人。在我第一眼看到將軍時，他眼裡的冷酷讓我想起了這些歷史上的瘋子；在我聽完他說的話後，我更相信他是個瘋子。

「你知道聯合國為什麼要將關我的地方叫做普羅米修斯之墓？」

阿原博士三人吃驚地看了我一眼，顯然沒料到在他們面前一貫溫和的我，會突如其來質疑將軍的命令，丟出一個不著頭緒的問題。此刻，沒有人敢開口插上一句話，整個空間從沉默慢慢地變成一片死寂。

將軍一直盯著我，然後突然笑了。不是那種瘋子般歇斯底里的笑法，而是一種家教良好的禮貌微笑。「雖然我是個軍人，但讀了很多有關於你的資料。希臘神話裡的普羅米修斯，為人類偷來天上的火種。普羅米修斯帶給人類光明，卻違反了宙斯不准人類使用火的規定，最後被宙斯流放到高加索山上，每天都有老鷹來吃他的肝。最後，英雄海力克斯拯救了普羅米修斯，他似乎自由了，但腳上必須戴著象徵宙斯的鐵環，這就是他的一輩子。」

我看著他，一句話也沒說。

「核，你為我們帶來最便利的生活，但人類愚蠢到不知感恩戴德，只想剝削你。普羅米修斯之墓是一個警惕，警惕我們人類不能越界，企圖駕馭不屬於我們的火種。」

將軍不只是一個軍人，還是一個演講出色的政治家。因為他告訴我，在他的說服下，二二三〇年的安理會以壓倒性票數通過將軍的提案，任命他為釋放我的負責人。

「我們不要你的光，我們要的是一場大火，或者我該說，一場天火。」

「你瘋了。」我直接轉身，朝剛進來的門走出去。這裡沒有人能擋住我，這是一個有電力的空間，足夠我隨心所欲運用，而不會傷到無辜的人。

人類啊，才不過兩百年就讓你們忘記核電廠爆炸的教訓嗎？變異的畸形兒、可怕的癌病變、重度輻射汙染的土壤，這不就是當初你們創造我，要我去熔合同伴的原因嗎？

「很好。」背後突然傳來將軍的聲音。我甚至聽到他放聲大笑，彷彿連嘴角都微微上揚，笑聲透出十分滿意。

我說過，人類的感情太複雜，連說話方式也是，在我仍費力理解他究竟是什麼意思時，他又繼續道：「恭喜你！你已經通過最後一項測試了。你抬頭看一看。」

我隨著他的指示抬頭。原本潔白的牆突然變成一個三百六十度的立體環形螢幕，螢幕上出現一片黑，帶一點點銀光，一點點灰色，還有流動的白色。

那是外太空。

那兒不知道距離地球多少光年，滿天漂浮著一個個星點。看起來就像是有數百顆星星在俯視地球，一閃一閃地。我已經有兩百年沒看過澄澈的星空了，雖然這是地底下的基地，雖然我聞不到大自然清新的空氣，但我仍然不自覺跨前了一步，眼睛眨也不眨。

將軍指著其中一個星點，命令工作人員將它放大，接著我愣住了。

它們不是星星，是一艘艘航空母艦，包圍著地球。

「我們不需要一個想要毀掉地球的核。因為就算你不毀掉我們，地球也會被這些生物毀掉。」將軍說。

「他們是誰？」這次我總算回頭，面對面和他說話。

「不知道。」將軍很乾脆地搖頭，專注盯著螢幕不發一語。剛剛那種獵鷹般的眼神有瞬間黯了黯，但很快又恢復銳利。是啊，在蒼穹底下，獵鷹又算什麼呢。「一個比地球人更高度的文明，更占絕對優勢的武力，他們想把地球人趕出這裡，將你眼中所看到的一切變成殖民地。」

然後我懂了。他想要放的那一把火，叫做保衛地球。

Chapter 04

騙人的人類

剛剛將軍提到，我已經通過最後一場測試。這讓我聯想到該不會除了例行檢查外，還有其他我不知道的測試內容。「我一路上遇到的狀況，都是你安排的？」

將軍打了一個響指，一張能容納十人的圓桌和五把舒適的椅子從地面浮出來。他示意我們都坐下後，才點了點頭。接著又對阿原博士下了命令：「博士，你來解釋。」

阿原博士看著我，眼裡閃過一絲欺騙了我後的內疚。「真的很抱歉，我們得確保你的心理狀態足以負擔起自由運用能量的壓力，如此你才能成為我們反抗外星生物的武器。從你之前執行任務的紀錄來看，你的身心狀況是合格的。但在關了兩百年後，我們無法得知擁有人類情感的你，會有什麼反應？為此，我們特地諮詢了心理學專家。專家表示，一個囚犯長期關在監獄裡，情緒反應通常是兩極的。一種是後悔自己做過的事，深深懺悔。一種是不認為自己有錯，開始自虐、出現暴力行為，盡其所能要逃離監獄，渴望復仇。」

對著面無表情的我，阿原博士嘆了一口氣：「核，你不同。你不是人，也不是原生的能量體。可是在科學的引領下，你現在是人，也是核能。我們真的無法預測釋放你出來後會發生什麼事。但是，我們真的是無計可施了。」

阿原博士說到最後，雙手握成拳頭，看得出他心底的掙扎與無奈。人類真的是因為再也找不到退路，所以才找上我吧。

「在普羅米修斯之墓的檢測，只是為了確認你身上的數據跟你當初進去時差異不大。但這數據或許不夠客觀，它有可能是你刻意抑制的結果。記得嗎？一出墓地後我們馬上遇到烏奇，如果你毫不猶豫殺死烏奇，我們就當作計畫失敗，轉而聯絡守在森林外的軍隊盡快把你送回去。可是你卻考慮到殺死烏奇等於釋放輻射能，這個過程可能會對我們三人造成危害，當下竟然忍下來沒有出手。核，你比我預期的還了不起。」阿原博士露出欣慰的笑容：「你想了一個我們沒想過的方式，默默地將吉普車充電，讓我們平安離開森林。那時我基本上就可以肯定你對人類是友好的，不想傷害我們。回到戰艦上，我又為你做了一次全面測試，這份報告主要是提交安理會，讓他們安心，你會跟我們站在同一邊。」

將軍卻突然打斷他的話，說道：「就算安理會能安心，我也不能。」他深深看著我，像是想把我看透一樣。「你是我們最後的武器，可以毀滅敵人，也可以毀滅人類。我說要放一把火，就是想測試你的真實反應。只要你的表情有一點瘋狂，我就——」

我努力壓住快要湧上來的不明情緒，直接打斷他：「——你就會想辦法把我騙回去普羅米修斯之墓，再把我關起來。」

「對！」他痛快地點頭，沒有一點猶豫。

「我本來以為只有將軍瘋了，沒想到你們都瘋了。」我盯著阿原博士、橋之門和霍然，想弄清楚這些人到底在想什麼。我明白人類對我的恐懼，他們因為愛惜自己的生命，所以畏怕我。但我不明白，現在這份恐懼已經不能讓他們在意性命了嗎？「測試？你們以為這樣做很有趣嗎？如果我當時真的殺了烏奇，你們早就被核輻射汙染了！」我覺得我快要管不住自己的情緒，我已經很久沒有這種感覺。

烏塔爾——

我彷彿又回到過去，同伴在我體內溫柔地喊我的名字。它們在消失前說，這裡很安全，因為有我在。但明明是，我熔合了你們。很久以後我才懂，熔合只是人類操弄語言的一個證明，它跟殺死是沒有兩樣的。

「這是一場最後的防衛戰，所有的人都無法倖免。」

將軍說得很冷酷，我看著阿原博士三人，他們的表情明白顯示早就做好準備，不管是被我殺死，還是被外星生物殺死，都要保衛地球到最後一刻。

「至少我們身上有穿輻射衣，雖然過了兩百年，應該還沒過期。」

可能是察覺我情緒不穩，橋之門突然冒出這句話，我猜他是想緩和一下氣氛吧，卻在看見將軍那張面無表情的撲克臉瞪著他後，嚇到趕緊住口，不敢再抬頭。但我卻因為他這句話，由衷笑了出來。剛剛湧上來的憤怒情緒，不知不覺間慢慢褪了下去。

因為橋之門的打岔，氣氛緩和許多。將軍強調，他確實獲得安理會的授權，擁有釋放我的最高權限。

我知道「釋放」的意思，不是將我放出來這麼簡單。人類很聰明，在發現我的力量很強大後，他們在我身上設置「閥」，我不知道具體是怎麼操作的，但一定是很尖端的科技。閥不會影響到我控制能量，只是會限縮我的破壞範圍，至少不是毀掉整個地球，頂多是毀掉一個美洲大陸而已。我讀過一本小說，好幾百年前的作品，叫做《西遊記》，唐僧給那隻猴子戴上了一個金箍，當他口中唸起緊箍咒，神通廣大的猴子就會頭痛得要命，再也動彈不得。我想閥就是人類給我的緊箍咒。

不同的是，即便人類的手上有一個可由他們掌控的閥開關，但還有一個閥不為他們所操控，那就是我的心理狀態。

其實人類也是不相信自己的。他們擔心閥開關若落到恐怖分子的手中，會威脅世界和平。所以在我有了感知後，他們給我看許多世界災難、戰爭人禍的資料。告訴我這是人類經歷過的痛苦歷程，如何從落後的文明慢慢走到現在。人性化後的我，「心理狀態」就是另一道自我設限的閥。即使人類手中的閥開關不小心落到壞人手裡，倘若沒有我的同意，同樣不能啟動。

這也是為什麼將軍故意誘導我毀掉世界，我經由判斷後，斷然拒絕他荒謬的要求。

換句話說，閥開關和我的心理狀態，是相互制衡的。只有兩方面都打開了，我才能真真正正毀掉地球。剛剛將軍的意思是他已經打算啟動手中的閥開關，現在只等著說服我。

「你看，」他又指著另一個星點。這個星點從遠處看，和剛剛他給我看的那個很像，只是比較亮而已。放大後卻不一樣了。一個圓體漂浮在浩瀚的外太空，表面很光滑，就像是一顆放大後的撞球。「這才是他們的戰艦。」

星空中有幾百個亮點，戰艦只占四分之一，那剩下來的航空母艦呢？

「他們把航空母艦稱為方舟。」

「方舟？」

「諾亞方舟，懂了吧？說好聽點方舟計畫是要帶人類去外星系墾荒移居，講白了就是將我們流放外太空，自己過來占領地球。」將軍哼出一口氣，聲音像刀一樣尖銳。

「五年前，我所屬的觀測站發現天空中突然出現七顆以前沒看過的星星。」這是進來後，霍然第一次開口。脫下輻射衣後的她，相較於坐在一旁的阿原博士和橋之門，個子顯得嬌小玲瓏，眼眸接近灰藍色，但頭髮卻是黑的，可能是混血兒吧。原來霍然是電波天文研究員，也是第一批與「**他們**」有所接觸的地球代表之一。「以現在的科技水準，我們已經掌握所有太陽系的星圖座標，每日定時追蹤。如果一次只出現一顆星星，那可能是偶然的碰撞形成一個新的星體。但一下子出現七顆，這就像要從大海裡同時撈出七顆帶有標記的沙子一樣，幾乎不可能發生。我們派出無人觀察艇遠端探測監控，偏偏得回來的數據都是不明的，只能肯定它們完全不會移動。你知道不會移動是什麼意思嗎？」

我明白霍然一直用淺顯的方式，試圖讓專業術語變得簡單一點。但即使是這麼直白的問題，我還是不知道答案，只得搖了搖頭。

「太陽的核心溫度是一千五百萬K，核心之外是輻射層和對流層。我們在地球上看到的太陽光，實際上是一百萬年前由太陽中心發射出來的。地球之所以能孕育生命，既是一個偶然，也可以說是上帝的傑作，距離太陽不近也不遠，適合生命繁衍。如果靠得太近就會像水星一樣炎熱，生物無法生存；但要是距離太遠又會因為太嚴寒，同樣無法居住。不過，這七顆星星傳回來的數據顯示它們完全不受引力影響，甚至任由太陽光直射表面，也不怕被高溫融化。我們合理懷疑，這是外星人的飛行船。所以我們開始發射翻譯成各種地球語言的電波、傳送人類的發展史，表達我們的善意。」

「你們有收到回覆嗎？」

「有。」霍然點點頭：「一個月後，我們收到**他們**的回覆電波，已經翻譯成人類語言。**他們**說，**他們**來自遙遠太陽系之外的一個星系，因為距離地球太遠，沒有辦法用地球的測量單位說明，只能很簡單解釋，是位在在六個化外之外的地方。**他們**花了一些時間消化我們傳送過去的地球資料，現在做好準備了，想來拜訪我們。」

「其實，地球的上空一直有外星人經過，有時候外星人也會下來看一看。隨著科技進步，大概在兩百年前左右，人類已經能夠跟外星人簡單溝通。當時的外星人告訴人類，地球正好是長途旅行的中繼站，很適合做補給供應，一旦原料補給好後，自然就離開，希望我們不要害怕。但人類怎麼可能不怕，我們甚至擔心引起老百姓的恐慌，各國政府很快同意將這列為最高機密，一方面對民間否認有外星人的存在，一方面由安理會主導，暗中發展太空防禦系統。不知道是不是因為太空防禦系統起了嚇阻作用，還是因為外星人根本對地球沒興趣，兩百年來一直都很平靜。」霍然露出一個苦笑。「只有**他們**和之前的外星人不一樣，以前的外星人都很低調，接收到我們的電波，就會跟發射訊號的基地台直接聯繫，政府很容易瞞過社會大眾。但**他們**竟然利用地球上的所有頻率，民間的、官方的、軍方的，同步發送**他們**想來拜訪的友好訊息。**他們**聲稱，選擇公開給所有的地球人，就是表明這次來訪完全沒有惡意，是太空外交的正常管道。」

接下來的發展，不用霍然太多說明，我也懂了。從來不知道有外星人存在的人類，突然之間收到這個訊息，當被政府欺騙的憤怒一過以後，驚慌之餘可能也很好奇。那之後安理會花了兩個月的時間彙整各方意見，考慮到讓**他們**直接進入地球還是太冒險，最後同意雙方在四分之一天文單位處碰面。

「**他們**長什麼樣子？」我是核，卻有人類的外表，我很好奇**他們**也跟人類一樣嗎？還是像我以前看過的科幻電影，大大的頭，兩顆黑黑的大眼睛，沒有瞳孔。

我感到我問了一個關鍵的問題，因為霍然停了很久才開口，聲音很勉強：「……我們只看到一團光，什麼也看不到。」她迎上將軍的視線，似乎在請求他的同意。等將軍點頭後，霍然才拉出一個螢幕，點了幾下按鍵。「這是五年前和**他們**第一次會面的紀錄，是用當時最先進的錄影設備拍下來的。很可惜，即使我們拿回來放大再放大，還是只能看到一團光。」

螢幕上出現一艘飛行船的內部，樣子很像我從普羅米修斯之墓離開時的戰艦。拍攝的角度很廣，我看見霍然，還有幾個人站在她身旁，霍然說明那些人是安理會派來的太空代表以及科學家。霍然的對面出現三個光體，就像她剛剛說的，什麼也看不到，那是一種很柔和的白光，中心點卻異常刺眼。

站在中間的白光開始解釋，因為怕人類不習慣**他們**的實體模樣，所以就以白光罩起來，希望人類不要介意。對方說話的方式簡單明確，語氣也很溫和，只是有點生澀，可能是不習慣以人類的語言說話。

這部紀錄影片大約播放了三十分鐘，霍然說明雖然是精簡後的版本，不過內容已經涵蓋大部分的訊息。從影片中得知，基本上白光已經從人類傳過去的資料，了解到地球上的外交禮儀，儀式一開始就是雙方互贈代表友誼的紀念盃（這種交換信物的人類概念，即使過了兩百年，還是一樣的）。後來霍然把對方送的紀念盃送去化驗分析，發現**他們**使用的金屬，是地球上從來沒有出現過的，太陽系中也找不到。

他們收到紀念盃後，似乎很開心，三個白光圍著紀念盃，用種人類聽不懂的快速音頻交談。然後又由中間的白光作代表，說明此行的目的。原來**他們**是從其他外星朋友那裡知道地球的近況，因為聽多了，很想親自過來看一看，見識一下地球文明的發展。雖然人類之前提供的影片已經很詳盡，但**他們**還是渴望到地球實際看看，走訪各處的古蹟、地貌，體驗人類的生活。

安理會派出的太空代表，答應**他們**會將這個請求轉達全體地球人決定。影片到這裡就結束了，是一個很友好的開始。

「由於**他們**表現出的友善態度，大約有七成的人類很歡迎**他們**到地球拜訪。但也有一派強烈反對，認定這將導致地球的防禦系統大開，給**他們**機會摸清人類的實力，引發潛在危害。其中最為反對的，就是當時擔任太空防禦系統副隊長的將軍。」霍然說。

我以為將軍會罵出「我早知他們不是好東西」之類的話，但他只是看著螢幕上的白光，眼神露出一絲尖銳。

無論如何，**他們**還是來到地球了，安理會派出幾名隨行人員陪同他們到處參觀。當然，參觀地點僅限於受同意的地區，不涉及任何軍事機密。**他們**對歷史有強烈的興趣，花了很多時間看博物館，也喜歡觀察自然生態，有幾次還在生態保護局的陪同下，到極地或是森林深處採集標本。在長達一年的交流中，**他們**甚至教導人類如何更有效運用太陽能，讓地球的科技足足前進了五十年。

霍然在說起文化交流時，雙眼放光，說話的速度也慢了。我感覺得出來，她很懷念那一段時間。或許所有的科學家都是這樣吧，特別是霍然身為電波天文研究員，能有機會學習外星文明，一定十分珍惜。但說到最後，她嘆了一口氣：「人類以為很了解**他們**，其實一點都不了解。一年後，**他們**聲稱完成了一個詳細的觀察報告，有鑒於人類無法妥善管理地球，建議我們把地球讓出來，改由**他們**直接管理。至於地球上的生物，將安排方舟送我們到新的地方墾荒，重新學習。」

「我們判斷**他們**想要強行攻占地球，於是趁著**他們**的增援部隊還沒有趕來，緊急啟動太空防禦系統，著實打了幾場硬仗。」將軍磔磔一笑，神情中顯出軍人的驕傲，還有一股不服輸的堅毅。

「**他們**損失了三艘戰艦，之後就一直停在原來的位置，不敢再打過來。」

「事實是，**他們**也沒有離開，一直在那裡。」霍然不知道哪裡來的勇氣，頂了將軍一句。大概是因為她是首批見到**他們**的人，對**他們**有比一般人更深的了解，將軍沒有發脾氣，只看了霍然一眼。「**他們**退回到外太空，只有在我們發動攻擊時，才會開啟防禦系統。**他們**宣稱不干預人類的決定，但同時又靠著減少太陽照射，讓地球漸漸失去動力來源。」

「什麼意思？」我不懂。

霍然的表情流露出一點焦慮，是身為科學家卻無法破解宇宙奧祕的沮喪。「**他們**以人類無法理解的技術，架起一張『天網』。天網很像是一片網狀星塵帶，不會阻止物體穿過，卻會降低光感。目前地球的動力都是倚靠太陽能，當地球上的光線不夠後，我們連民生需求都有問題，更不用說戰艦、戰鬥機、武器等等，都需要以太陽能為動能。」

沒有足夠的光，植物就不可能進行光合作用，更不用說依賴植物製造氧氣的動物。**他們**沒有攻擊地球，卻用天網漸漸消耗地球資源，等待地球人自動投降。難怪橋之門說有專門搜集太陽能的燃料機，當太陽光漸漸減弱，人類也只能靠著不斷移動，想盡辦法追尋光源。

「其實自從廢棄核能後，人類已經開發出儲存太陽能的技術，就算因故暫停收集宇宙間的太陽能源，目前儲備的太陽能還可以再使用五百年。不過那是在正常使用下。」霍然強調道：「現在為了加強太空防禦系統，還包括為了反制**他們**的攻擊，我們消耗了太多太陽能。**他們**似乎也知道我們的狀況，七天前又發來一份驅逐宣言，聲明再給人類三個月的時間考慮方舟計畫。時間一到，就要開始清理地球。」

清理是一個很強烈的字眼。那就表示，人類已經沒有退路。

故事結束了，四周很安靜，沒有人再開口。所有人看著我，他們在等我的答案。

但我只說：「給我一點時間想想。」

我想重新認識這個世界，想看看現在人類的生活狀況。在我對現存的年代沒有一定了解前，我無法判斷他們是不是在騙我。

我記得當初給我植入閥開關的是一個穿著白色輻射衣的研究員，他全身包裹在衣服下，看不到長相，也不知道名字，那時我才剛有意識不久，許多事都模模糊糊的。但是我清楚聽到他跟我說了一句話：

「從今以後，你就是核了。你要小心，人類是會騙人的。」

Chapter 05

最好的年代

你要小心，人類是會騙人的。

我想過，這個從來沒見過面的研究員，或許就是閥開關的設計者吧。當我越來越了解人類的歷史後，我常常想起他說的那句話。他應該很愛人類，也深深知道人類的弱點，擔心我被壞人利用。

在我的堅持下，將軍勉強同意給我一點時間，可是要求我盡快做出決定。「你多考慮一天，地球人就少掉一天的機會。」他雖然沒有直接威脅我，但話中的意思也是很明顯的了。

橋之門遺憾地向我表示，他很想帶我四處去走走，但又必須協助阿原博士整理輻射紀錄表，送給安理會參考。反而是霍然，主動說她可以帶我去看看地面上的世界。

從普羅米修斯之墓出來這一路上，霍然總是能離我多遠就多遠，從不主動開口，現在卻肯帶我到處參觀，我猜那是因為我通過將軍的測試，她總算願意信任我。

回到地面後，剛好趕上黃昏。我忍不住尋找正在落下的太陽，好像經過霍然那番說明後，我眼裡的太陽不再是記憶中那樣地燦爛，隔著一層薄薄的白霧，可能是雲，也可能是霍然口中的天網。

我還發現地面上的建築物分成兩種，一種看起來相當先進、龐大，外牆折射出金屬的特有稜光，另一種則像是蜂窩巢的集合體，由傳統磚瓦蓋成。霍然說，高大先進的建築是行政機關，磚造的巢狀矮房則是民宅。那種感覺就像是硬將巴洛克時期的畫和抽象主義的畫擺在同一塊畫布上，混搭但極不協調。同時，所有的公共設施卻十分完善，可能是因為這裡是市中心，路上人很多，看得到大型巴士、行人騎著腳踏車。只是走了將近二十分鐘，我才看見一輛私人汽車慢慢開過去。

「感覺怎麼樣？」霍然問。

「說不上來。」我老實承認：「剛剛在會議室裡，所有的東西都是自動化感應，搭乘的戰艦也很先進。我本來以為會在外面看到……嗯……」看到什麼呢？我不敢肯定。

「看到滿天飛的汽車？」霍然笑了。「我知道在你那年代，人類已經發展出飛行車，不受地面道路限制。」

這就是我無法理解的。科技只有越來越進步，可經過了兩百年，眼前的世界卻好像同時在進步，又在後退。

「我們現在很多東西，都是以前遺留下來的智慧結晶。」霍然指著一棟修長的建築，屋頂像針一樣，直直刺入天際。「科技太進步了，不管是AI人工智慧，還是複製人，我們好像一顆從懸崖上往下滾的石頭，誰都擋不住科技發展。生活越來越便利，但也越來越浪費。簡單來說，就是過得太安逸，以為無所不能。其實，要摧毀人類真的很簡單。」霍然露出意味深長的笑容：「你看，只要把電力切斷，這些高科技就一無是處。你想打個電話都不行。」

我安靜地聽她說，沒有打斷她。

「禁用核能後，人類掌握了儲存太陽能的技術，認定它是取之不盡、用之不竭的綠色能源。理論上這個說法沒有問題，只要銀河系中的太陽一直存在，人類就不可能用光太陽能，比核能還方便。要不是**他們**張設了『天網』遮擋太陽光，我想人類壓根就沒想過有一天會耗盡所有的太陽能資源。」霍然頓了一頓，露出一個苦笑。「總之，當時的科技一下子變得很發達。即使遇上洪水饑荒，也能以技術解決以前無法解決的問題。正因為這樣，就算政府一再呼籲大家要節約用電，卻根本沒人在意。畢竟核電廠都關了，不會再有爆炸輻射。你看到的現代化建築，就是當時的產物，高速電梯、機器人……你所能想像到的科技輔助器具，樣樣俱全。那應該是人類有史以來最美好的年代。」

「——這是最好的時代，也是最壞的時代。」

霍然看了我一眼：「狄更斯的《雙城記》？」

我笑了笑，沒有說話。

「的確，最好的年代，也是最壞的開始。大概在一百年前，世界各地忽然出現了大量烏奇，所有烏奇出現的地方不僅人類被攻擊，連帶建築跟發電系統全都遭受破壞，無一倖免。普通的武器根本殺不死烏奇，軍隊節節敗退，這場烏奇大戰造成了巨大的危害，至今仍未能找到真正有效消滅烏奇的對策。除了烏奇外，許多透過基因改造而產量大增的農作物，也被發現含有大量毒素，再也不適合食用；有些變異的植物甚至還會散發出有毒的氣體，森林裡的動物或是因為吃了有毒的植物、或是因為吸入毒氣而死亡，大量死亡的動物流入河川海洋，汙染的水源加劇植物的變異……這根本就是可怕的惡性循環。你可以想像得到，糧食匱乏、烏奇化的生物、有毒的水源和空氣……全世界的人口一下子從一百五十億掉到僅剩十五億。最後倖存下來的人類被分配到七大自治區，用防護罩隔離有毒的空氣，由政府統一配給乾淨的糧食和食用水。對了，現在也沒有聯合國了，改由七大自治區的政府組成安理會管理整個世界。安理會以回歸自然為前提，協助一般居民搬進磚瓦屋，鼓勵用步行和腳踏車代替飛天車。自從人類跟**他們**開戰後，太陽能消耗太快了，除了政府單位外，民間的用電量都被嚴格控管。」

果然，漸漸入夜的傍晚，每隔兩公里才有一盞微弱的燈暈黃地照著街道。我還看見有些行人自備小型的手提燈，裡面是蠟燭。

「**他們**有名字嗎？」不管是將軍還是阿原博士，對這群天外來者總是以「他們」名之，要不就是說那些外星生物如何如何，難道**他們**沒有告訴過人類他們究竟從哪裡來、該怎麼稱呼？

「**他們**，」霍然頓了一頓，露出苦笑：「自稱是上帝。」

「上帝？」我停下腳步，吃驚地看著她。

霍然的表情很認真：「在烏奇大戰和大饑荒以後，很多人都說這就是世界末日，人類只能束手等待滅亡來臨。接著**他們**就來了，在我們面前展現不可思議的尖端科技，幫助人類改善居住環境。地球人做不到的事情，**他們**都做到了，也因此地球上出現了一批狂熱的信徒，相信**他們**真的是創造世界的上帝。」

「妳是一個科學家，難道也相信上帝的存在？」

「你錯了。」霍然搖搖頭：「當你越了解科學，就越知道人類能掌握的東西其實很有限。但我相信遲早有一天人類的科技文明將會追趕上**他們**，不過是時間的早晚而已。至於上帝存不存在……我只知道**他們**絕不是我們一直以為的那個上帝。」

喔？這就很有趣了。「為什麼？」

霍然從背包裡掏出一本書，看封面顏色應該是她在戰艦上閱讀的那本書。當時我只遠遠看了一眼，現在才發現這居然是一本《聖經》。她翻到〈馬太福音〉二十四章三節之七。

耶穌在橄欖山上坐著，門徒私下進前來問他：「請告訴我們，甚麼時候有這些事呢？你來臨和世代的終結有甚麼預兆呢？」耶穌回答他們：「你們要謹慎，免得有人迷惑你們。因為將有好些人冒我的名來，說『我是基督』，並且要迷惑許多人。你們也將聽見打仗和打仗的風聲。注意，不要驚慌！因為這些事必須發生，但這還不是終結。民要攻打民，國要攻打國，多處必有饑荒、地震。」

「對我來說，所謂的上帝是一個道德標準。如果這個世界真有上帝，我相信祂是來拯救我們的，而不是威脅我們要毀掉全世界。」

霍然把書闔上，把我帶到一個廣場。廣場上來了許多人，表情木然站著，彷彿正在參加一場悼念會般肅然，他們整齊劃一抬頭仰望，將視線落在浩瀚的星空，靜靜地似乎在等著什麼。

這些人只是單純在看星星嗎？我看見一個母親帶著四、五歲的小女孩，連小女孩都安安靜靜抬頭仰望著，彷彿期待什麼即將出現。

然後，漆黑的天空突然閃出一道白光，出現三個數字：1、3、5。

數字很亮，持續了約十秒鐘，隨即消失不見。除了在人們眼底留下一道閃過的白光殘影，闇黑的天幕中什麼也沒有。我聽到幾聲竊竊私語，間雜一些嘆息。聚集的人群散了，剛剛那位母親緘默地牽起小女孩的手，隨著人流朝廣場入口離去。

轉眼間，廣場上只剩下我和霍然。

「今天，『上帝』送了一百三十五個人回到地球。」她緊緊抓著手裡的《聖經》，聲音很低。我幾乎要貼近她的身邊，才能聽見她在說什麼。「『上帝』開啟了一道門，那些狂熱分子看見他們的能力，無不以為這是一個前往美麗新世界的好機會，紛紛主動說要參加方舟計畫。後來大家才知道，『上帝』的門並不是對每個人都開啟。每天都有三分之一的人被『上帝』淘汰掉，遣送回來。至於另外三分之二的人成功地進入方舟，但沒人知道他們去了哪裡，是不是飄蕩在太空中，還是真的到了新世界。」

「那些回來的人呢？真的見到『上帝』了？」

霍然笑了笑，表情很勉強：「那些被送回來的都已經死了，屍體上沒有明顯外傷，就像睡著一樣。」她遲疑了一下，然後說：「在我接待『上帝』的時候，我曾問過**他們**的世界到底長什麼樣子？**他們**說這很難對人類解釋，說了人類也無法想像。人類的感知受到時間和空間限制，無法跳脫既定的思維。對於人類來說，時間是一條只能往前發展的線，不能再回頭；空間也具有一定的範圍，近的不可能是遠的，高的不可能是低的。但**他們**活在時間和空間之外，那是一個平行的時間點，高維度空間。每一個時間點都是現在，也都是未來和過去。對人類來說無比遙遠的化外之外，對**他們**而言卻很近。」

我模模糊糊能理解霍然的意思，但還是覺得不可思議。換句話說，在上帝眼裡，二二三〇年和二〇三〇年是同時進行的，在看見現在的我的同時，也看見了兩百年前的我。

「而真正的害怕，則是因為我們見識到『上帝』的力量。」她突然要我看天空，「發現了嗎？」

她問得太突然，一時間我不知道她要我看什麼。不過霍然很有耐性，等我自己去發現。「北極星——」我從猶豫轉為吃驚：「不見了！」

人類肉眼所能看到的星星，是幾百萬年前的星體發散出來的光芒。

如果烏奇大戰是上帝帶給人類的預警，那麼，這一次的「上帝」沒有顯現任何世界末日的跡象。他們只是在人類反抗時，超越時間與空間的極限，輕而易舉消滅掉象徵永恆的指北針——北極星。

Chapter 06

黑暗的爆裂

一旦沒有了北極星，人類還找得到方向嗎？

如果說切斷電力是對人類實質的恐嚇，那麼消滅北極星就是打從心底摧毀掉人類的信心。失去方向的人類，擺在面前的只有兩個選擇。一是登上「上帝」為人類安排的方舟，更積極地加入移民行列（但也只有三分之二機會能前往新世界，而且沒人確定前往的一定是新世界，某種程度來說，這都是條不歸路）。另一個選擇自然是是「上帝」不希望的：反抗**他們**。

很顯然，「上帝」已經把人類逼到絕境。我只是不明白，一個擁有比人類更高智慧的外星生物，為什麼這麼在意人類？這般處心積慮就只是為了將人類趕出地球？莫非是因為地球上擁有**他們**想要卻沒有的資源？如果是，那又是什麼？

我和霍然剛走出廣場，忽然聽到不遠處的轉角傳出小孩的哭泣，還有一個男人大聲呼喚，語氣聽起來很焦急：「女士，妳聽得到我說話嗎？女士？」

空蕩蕩的街道上只見一個男人跪在地上，在他膝邊躺了一個女人，還有一個小女孩拉著女人的衣服不斷搖晃，抽抽噎噎喊媽媽。我認出那是不久前離開廣場的那對母女。

「怎麼了嗎？發生什麼事了？」霍然先我一步跑向倒在地上的女人。只見女人雙眼緊閉，臉色泛著一種病態的蒼白，那男人看見有人來幫忙顯然鬆了一口氣。他指示霍然拉開驚慌失措的小女孩、聯絡救護車，然後把手放在女人的頸動脈處，為女人測量脈搏。

男人動作十分專業，在測完脈搏後，緊接著確認了女人的瞳孔反應，忽然他像是想到了什麼，迅速地拉起女人的袖子，只見女人手上戴著一個金屬手環，上面有一串數字與字母混合的代碼，手環上正一閃一閃亮著紅色警示燈。「……原來如此。」他語氣瞭然，果斷轉頭詢問霍然：「請問救護車什麼時候會到？」

「救護車很快就來，大概再十分鐘左右吧。」霍然放下通訊器，一臉擔憂地看著昏倒的女人。即使如此，她還是很溫柔地抱著小女孩：「乖，不怕喔。等等媽媽就沒事了。」

「來不及了。我們需要緊急充電！」

霍然本來在安撫小女孩，聽了男人的話後，不由得愣了一愣。視線隨著男人指引落在女人手上的金屬環，上頭的警示燈還在閃爍。

「她裝的是人工心臟。那心臟快沒電了，她才會突然休克。」男人抱起女人，跑向距離最近的電線桿，我看見他胸有成竹地按了幾個鈕，電線桿上一個小小的門隨之彈開，男人飛快從小門中拉出一個裝置匣，逕自舉起女人的手，咔地一下將金屬環壓入匣內。

裝置匣傳出長長的嗶聲，機械化的聲音不帶情緒宣布：「注意，用戶編號WS12Y578，安妮斯娜無法連接本裝置，無授權、無授權、無授權。」

「該死的！我就知道！」男人罵了一聲，一手攙扶安妮斯娜，一邊從上衣口袋裡手忙腳亂地掏出一張磁卡，壓在匣上。

又是一聲長嗶：「注意，用戶編號RT36B795，艾斯，醫療級數不足，無法啟動本裝置。」

霍然問：「你是醫生？」

艾斯點了點頭，皺著眉道：「我的級別還不到，沒辦法打開充電匣。可是安妮斯娜的心臟只剩不到五分鐘的蓄電量，我怕她撐不到救護車來。」

霍然顯然知道該怎麼處理這種情形。

她突然對空無一人的街道大聲喊叫：「中士、中士，我們需要你的幫忙！」回答她的只是一片寂靜，還有艾斯疑惑不解的神情。但霍然毫不死心，又喊了一次，這一次聲音裡帶上濃濃的警告意味：「尚威中士，保護人民也是你的責任！」

在霍然的催促下，街角慢慢走出幾個身影，雖然一身便衣，但我已經認出帶頭的那個人就是當初在叢林出口等我的戰艦隊長。老實說，看到他的出現我一點也不意外，這一定是將軍的安排。我只是很訝異霍然對此原來早就知情，不曉得是將軍告訴她的，還是她自己發現的。

「軍方有優先使用緊急充電站的權利。中士，請你打開充電權限。」

「霍然博士，現階段安理會對電力採取嚴格的控管，即使是我，也需要上級進一步的授權。」

「那就請示看看。」霍然堅持。

「妳應該知道，既然充電匣拒絕了安妮斯娜的感應環，那表示她根本不在緊急充電的名單內。」

霍然沒料到尚威中士會這麼說，娟秀的眉心擰得很緊。她正要開口，艾斯醫生已經搶過話，說道：「中士，你沒試試看怎麼知道？安妮斯娜不需要太多電力，只要一點點，一點點，就能讓她撐到救護車來。」

但尚威中士根本不願意嘗試聯絡溝通，他十分堅持明知道會被拒絕還硬要申請授權，只是白耗精力、浪費時間而已，不如好好等待救護車來就行了。

一旁的霍然終於聽不下去，忍不住斥責他：「中士，你會為你的自大後悔的，我一定會向將軍報告這件事。」

「將軍交代給我的任務，只有在暗中保護你們。」

「你——！」

一時之間，霍然和尚威各執己見，緊張氣氛劍拔弩張；而艾斯早已顧不上吵得不可開交的兩個人，他只將注意力放在臉色逐漸變青的安妮斯娜身上，可是卻又無計可施，既不能對人工心臟做心肺復甦術、也不能做電擊除顫喚起心臟功能。因為他很清楚，一旦人工心臟電力用罄，這些所謂的標準急救程序全都於事無補，不過是徒勞罷了。如今艾斯唯一能做的，就是抱著小女孩，用大大的手掌遮住她的眼睛，只希望她記得媽媽最美好的那一面，就好了。

我走到安妮斯娜身旁，將手伸出來。

「等一下！你在做什麼！」尚威猛地將霍然拉到身後，一手放在腰間的武器繫帶上蓄勢待發，滿臉警戒。同時間，他帶來的幾名手下也快速地移動向前，排成人牆擋在艾斯和小女孩面前，與尚威的動作一模一樣，右手全放在腰間。

「你知道我要做什麼。」我半跪在安妮斯娜身旁，將手虛放在她的胸口上。

「我警告你，你所有的行動都必須取得正式授權。不管你有多厲害，也不能擅自行動。」

尚威走上前一步，我看見他腰間的武器，竟然是一支警棍。果然，尚威接到的命令不僅是保護我，同時也——防備我。他知道我能輕易控制電力、控制雷射槍，但卻不諳武力，只需要一支普普通通的警棍就能制服我了。

我看著安妮斯娜，感應環上的紅色警示燈因為我的靠近漸漸變暗。

「你以為你在救她嗎？你只會害死她！」尚威帶來的手下動作很快，在他的低喝命令聲中，一群人抽出警棍，迅速上前將我包圍在中心。有一個士兵動作甚至快到我來不及反應，直接一把就架住我的胳膊。

「尚威，你有小孩嗎？」雙手受制，動彈不得。在他以為能鬆了口氣時，我突然開口。

尚威看著我不發一語，他銳利的眼光在我身上逡巡，眼神透出他在思考我是什麼意思，即使我的問題這麼的簡單。

「我猜，你沒有小孩。」我的眼神從安妮斯娜身上移開，慢慢轉向街道旁的路燈。

天色幽暗，路燈散出溫暖的光芒，為急於想回家的人們照出一條路來。就像是每一個如常的日子，寧靜而又安心。

是的，本應安心的……。

在所有人反應過來前，霍然已經發出一聲驚呼，她的雙眼瞪得老大，下意識拿手擋住臉。

「你，不要——」

黑色的夜，昏黃的月。街上的路燈一盞接著一盞，陡然迸出白晝的光。我掙開閉眼閃避炫光的士兵壓制，慢慢站了起來。

「我犧牲了我的孩子來拯救你們，但你們卻要殺死自己的孩子。」

宛如一場盛大的嘉年華會，只有越來越刺眼的光。在亮到極致後，緊接著傳出輕微的爆裂聲，燈泡，一個接著一個碎了。我在人們眼裡看見恐懼。

昏黃的月，黑色的夜。靜悄悄的街上迴盪著安妮斯娜沉重的喘息聲。

失態的艾斯醫生推開擋在身前的士兵，他幾乎是雙手雙腳並用，跌跌撞撞爬向安妮斯娜。感應環上的警示燈早變成了綠色，在確認過生命跡象後，他好不容易緩過一口長氣，卻沒有鬆乏後的輕快。他的聲音甚至帶著說不出的壓抑，我彷彿還聽到他吞了吞口水：「你，你到底是誰？」

「我？」我笑了。「我是核。」

Chapter 07

生命的順序

救護車載著安妮斯娜離開沒多久，阿原博士帶著一群士兵趕到了。不同的是，所有人身上都穿了防護衣，包括阿原博士。他們以為我會掙扎抵抗，但我只是安靜地任憑他們將我帶回去。

我又回到深不見底的基地，待在一個幾坪大的起居室，尚威中士的屬下把守在門外。除了照明系統，起居室內沒有任何需要依靠電力的設備，卻有許多書，整個布置和我在普羅米修斯之墓時很像。在那裡，同樣有許多高達天花板的書架，當初我就這樣過了兩百年。

第二個傍晚，橋之門來看我。當時我正坐在舒適的沙發裡，翻閱第四本有關烏奇大戰的歷史書籍。「哇——噢」橋之門看了一眼書架，發出一聲驚歎，接著說：「你這裡真像圖書館。」

「坐吧。」我站起來，朝廚房走去。「我來找找有什麼喝的。你想喝什麼？」我不用進食，這是我從進來後第一次走入廚房。很幸運地，我在櫥櫃裡找到一些茶包。白色流理台上架著一大片木板蓋住了黑黝黝的缺口，原本安裝的是電爐吧，我猜。也難為了人類，他們居然為我找來那種使用瓦斯罐的簡易型卡式爐，直接架在木板上。我煮好熱水，泡了兩杯茶。「沒有咖啡，你就將就喝吧。」

「我以為你不用吃東西。」他看著我手中的茶杯，挑著眉的神情充滿好奇。

「理論上我是不用，但要也是可以。」我的身體本來就是能量的熔合器，食物轉換成的能量當然也不例外。想想後我又補充道：「只有你一個人喝茶，我怕你覺得不自在。」

「那我就不客氣了。」橋之門舉起茶杯，碰了我的杯子一下，一臉歡快：「我就說嘛，你果然很貼心。」他從公事包裡拿出一疊報告，遞到我面前。「這是安妮斯娜、斯維塔——喔，斯維塔是那個小女孩的名字——還有艾斯醫生、霍然博士、尚威中士、中士手下輻射檢測的身體報告。」他看我沒有接過的打算，只得放下茶杯，一張張報告翻給我看：「我們確認過了，沒有任何一位受到輻射感染。就連你幫忙充電的安妮斯娜也沒有。」

這早在我的意料中。只要適當使用，核能本來就很安全，只是尚威中士不相信我，以為釋放能量就等於核汙染。

「不過你把方圓十公里的路燈全弄壞了，這可造成不少麻煩呦。」橋之門露出想笑，又覺得這時候笑很不禮貌只得忍著的扭曲表情。

街上的路燈都是依靠太陽能發電。我沒有動用自身的能量，只是小小地操弄一下路燈，將原本微弱的電力瞬間加到最大而已。換句話說，這也不會造成任何核汙染。

「特別是在這限電的時候，突然之間連原本關停的路燈都亮了起來，一時間街道上一片光明，竟比白日還明亮，可也因為瞬間電力大量外洩電源暴衝，全部的燈泡都破了。雖然將軍已經做了緊急彌補，對外宣稱這是系統故障導致的不正常情況，但很難說會不會被人發現……嗯，」橋之門頓了一頓：「我是說——被**他們**發現。」他在最後幾個字上加重語氣，我當然明白橋之門意有所指。

「所以，將軍決定要怎麼懲罰我了嗎？」

聽出我語氣中的漫不經心，橋之門拉出一個苦笑：「你知道我們人類是不可能真正懲罰你的，我們還需要你。只是希望你在做任何事前，能先想一想。」我看了他一眼，橋之門馬上舉起雙手，改口說：「好好好，我知道你一定考慮清楚了才動手，否則不可能是現在的結果。總之呢，因為這次的意外，將軍和阿原博士正努力說服安理會，其實你真的很安全。」

我喝了一口茶，不很在意安理會最後裁定的結果。因為我知道不管過程如何曲折，最終安理會還是會同意的。

「核，你是不是很想念你的同伴？」

這是我出來後，第一次有人問起我的同伴。不再是懼怕，而是像對待一個老朋友般，關心我的感受。

橋之門的視線落在我翻到一半的書頁上。「霍然博士說，你是因為死去的同伴，才對尚威中士發脾氣。」

我將茶杯放回桌上，沒有馬上回答。「我以為我看過很多書，已經很懂得人類。」我沉默了一下才接著說：「但你們總是出乎我意料之外。你能告訴我為什麼嗎？你們竭盡所能放我出來，就是為了讓我拯救地球、拯救人類。但同時，也是你們在阻止一個人活下去。」

橋之門張了張嘴，又頹然地閉上，他沒辦法回答我。好半天，他才組織成一個完整的句子：「那個，你要不要跟我去醫院看看安妮斯娜？她想跟你當面道謝，霍然博士也在那裡。」

「我可以出去？」

「將軍和阿原博士又不在，他們讓我陪著你。」橋之門兩手一攤，似乎很無奈：「根據你剛剛的反應，我想，在還沒有真正了解人類之前，你是不可能幫助地球人的。我帶你出去，觀察一下地球人現在的生活，協助你做出最好的決定。這就是我的判斷。」他笑了笑，還眨了眨眼睛。「中士是個老古板，他收到的命令是要保護你、監視你，卻沒有禁止你出入。所以你放心好了，就算他為此氣得跳腳，只要你不再做他討厭的事，他是不能把你怎麼樣的。」

橋之門說對了，他把剛那一疊檢查報告遞給中士後，兩人在一旁不知道講了什麼，大約過了十分鐘，他便帶著勝利的得意笑容回來。尚威中士則是面無表情跟在我們後面。跟上回不同的是，他不再隱藏自己的行蹤，而是大刺刺地保持一段距離緊跟在後，隨我們去到了醫院。

可惜不巧，霍然說安妮斯娜才剛睡著，我們便沒有進門。透過病房的玻璃窗，我看見她睡得很是安穩，臉色也不再青白。霍然將安妮斯娜的女兒斯維塔介紹給我，我本來以為她會因為昨天的街燈意外而畏怕我，但她只是張著好奇的大眼睛，伸出胖胖的小手指，仰起頭遞過來一張紙說：「這個，送給你。」

「這是斯維塔畫的，很漂亮對不對？」霍然笑著摸摸小女孩的頭。「她在跟你說謝謝呢。」

那是一張五顏六色的蠟筆畫，畫了好幾個圓臉，笑得很開心。霍然指著畫，哄小女孩一個個介紹：中間是媽媽，旁邊是穿著披風的艾斯醫生和霍然，發亮的街燈上頭有一個飛著的人，那是我。喔，還有一個粗眉毛、看起來很兇的叔叔，是尚威中士。

「你是姊姊還是哥哥？」斯維塔不怕生，很快就跟我玩成一片。她偷偷告訴我，她的名字是光的意思，就像我是光一樣（小孩子的理解方式很特別，她以為我是能操作光的天使，是上天派來救她媽媽的）。現在她坐在我的腿上，奶聲奶氣問了一個問題。

我忍不住笑了。我的模樣是兩百年前的人類，那時候的人類輪廓比現在任何一位女性化的女性還纖細，所以她分不出我是男是女。只是笑過後，我卻不知道該怎麼回答，我本來就沒有性別。

「斯維塔，妳可以叫他博士喔。」幸好有霍然，適時出聲解決了我的窘境。

「博士？什麼是博士？」

「嗯，博士就是很厲害的人。博士救了媽媽，他是不是很厲害？」

「嗯，博士是最厲害的人了。」斯維塔趴在我身上，突如其來親了我一下。軟軟的，像是……像是棉花糖。一時之間我不知道該做什麼反應，那是一種奇異的感覺，不在我曾感受的範圍內。

「哈哈、哈哈！」橋之門很不合時宜地大笑起來，看見小小的斯維塔一副你再笑我就跟你急、快要哭出來的表情，他急忙用兩隻手摀住自己的嘴巴，從掌心下發出含糊不清的聲音：「是哥哥不好，哥哥不笑了。」

「斯維塔乖，讓護士阿姨帶你去吃飯飯，然後洗澡睡覺好不好？」在橋之門幾次逗斯維塔，都得不到斯維塔回應後，艾斯醫生的出現無疑解救了橋之門。原來斯維塔除了媽媽外，沒有別的親人，安妮斯娜住院期間，都是院方特別安排小兒科的護理師照顧斯維塔。

但斯維塔已經是個小鬼靈精，說什麼也不肯乖乖去休息。霍然和橋之門只好一人拉住她一隻手，陪著她一路拖拉打鬧，吃飯洗澡。

懷裡少了斯維塔那暖烘烘、圓嘟嘟的小身子，我突然覺得臂彎一下子空了。這是我今天第二次感受到的奇異感覺。原來，這就叫孩子。

「核，謝謝你。」原來艾斯還沒有離開，他突然開口道。霍然說為了不引起大眾恐慌，安妮斯娜不知道我真正的身分，以為我只是個醫療級別較高的醫生，姓「何」。但是艾斯親眼看到我如何操弄電力，他知道我是誰。

「這沒什麼。」

我不知道能跟艾斯聊什麼，客套完後，場面一下子變得安靜又尷尬。艾斯看看站在販賣機旁、一眼不錯望著這邊的尚威，又看看我：「斯維塔這個年紀，最喜歡黏著大人了，我想霍然博士不會這麼快回來。我們可以去外面散散步，透透氣。」

好像怕我會拒絕似的，趕在我開口前，他已經轉過身，在前面領路。

「我真的很感謝你。」走了一段路後，艾斯又說了一遍。現在我們已經置身在一片枝葉扶疏的花園中，身旁不時有護士推著輪椅經過，比起剛剛冷冰冰的病房走道，這裡給人的感覺的確舒服多了。他發現我沒有任何回應，又說了一次：「核，你不明白，我是由衷地向你致謝。」艾斯灰色的眼眸注視著我，那是一張年輕、充滿幹勁和朝氣的臉龐。「中士說得沒錯。安妮斯娜不在緊急充電的名單內，所以昨晚就算是救護車來了，也沒用。」

「什麼意思？」我記得艾斯說過，安妮斯娜只需要一點點的電，等到救護車一來，就能重新為人工心臟充電不是嗎？

「這兩天我查了一些資料，原來你已經被關了兩百年。現在政府偷偷將你放出來，我猜是因為『上帝』的關係。」艾斯抬頭看了小徑另一頭的尚威中士，在我們之間，一直有病人來來去去，他朝中士點點頭示意，像是一個普通朋友那樣打招呼，生疏而有禮。他繼續解釋：「『上帝』來了，全球電力吃緊。地球上所有的電力資源被安理會重新規劃分級，只有最高等級才能獲得完整的供電量。」

我越聽越迷惑了，生死存亡，難道不是人類最該擺在前面的順序嗎？「但安妮斯娜的人工心臟需要電啊。沒有電的話，她一定會死的。」

艾斯不再看尚威，反而看向一旁推過的輪椅，神情充滿哀傷：「你以為只有一個安妮斯娜需要給人工心臟充電嗎？病人手上戴的感應環原本就是為了提醒他們，一旦電力低於安全範圍，就得儘快回醫院充電，以免發生危險。換句話說，以前根本不可能發生這種病人走在路上突然休克的意外。」

我感到無比震驚：「你是說，安妮斯娜早就回過醫院，只是因為她是普通老百姓，所以被拒絕充電？」

艾斯點點頭，說出更驚人的事實：「治療心臟病最簡單的方式，就是直接植入複製心臟。但複製心臟的成本太高，基本上還是以人工心臟為主。這個方式本來很安全，只需定期充電維持運作即可滿足人體維生需求，但如今——」他苦笑了一下，用眼神示意我看向花園外的一排人龍。

那看起來像是報到處，排隊的人有老有少，有男有女。他們依序走到一個鐵盒前，伸手在上頭感應一下，大部分是發出一聲嗶聲，只有絕少數是叮鈴兩聲。手上發出叮鈴聲的人，表情很是開心，踏著輕鬆的步伐走入前方那棟建築內。

我突然意會過來：「這是在確認充電許可？」

「對。」艾斯的聲音聽來就像那聲長嗶，沉沉的：「安妮斯娜不是唯一的特例。在這個城市裡有數千個裝了人工心臟的病人，像她一樣都被管制機構拒絕了。」他忽然轉頭看著我，口氣滿是熱切：「核，你是我們的救星。只要你提供一點點的力量，就可以救這些人！」

艾斯的請求很明確。不是要我操弄小小的太陽能，而是希望我以自身的能量拯救重病的人類。就如同兩百年前，人類依賴核能一樣。

他的眼裡發出熾熱的光，彷彿看到昨夜的嘉年華，那樣地亮。「核，人類不就是你的孩子嗎？」

Chapter 08

無盡的欲望

看著不遠處的尚威中士，我知道他絕不會容許在他眼皮子底下又發生一次安妮斯娜事件。艾斯醫生應該也是因為這樣，才會一直避著他偷偷跟我說話。

排隊的人潮漸漸散了，而我只是一直盯著他們，目送他們失望離去。「我們走吧，霍然應該回去了。」

「那，走吧。」

艾斯聽起來也很失望，他一定以為我會答應他的要求。一直到離開醫院，我們沒再談起需要充電的病人。我向斯維塔道過晚安，斯維塔堅持我一定得親她一下，才肯去睡。橋之門已經把斯維塔當作自己的小妹妹，用冒出鬍渣的下巴假意蹭蹭斯維塔，把斯維塔逗得咯咯直笑。小孩子是很好哄的，當斯維塔玩累了，前一刻還是活力十足的小炮彈的她，馬上在霍然的懷抱中咚的一聲睡著了，邊睡邊還不忘吸吮自己的大拇指，在霍然的衣角上留下一灘口水。我們三人將斯維塔抱回床上，才跟值班的艾斯醫生道別。艾斯深深看了我一眼，幾次欲言又止，但我卻假裝沒看見，一逕保持沉默。

隔天，我要求再去一趟醫院。尚威中士不疑有他，他曉得前一晚我去探望時，安妮斯娜正在休息。

安妮斯娜是一個體貼的媽媽，雖然還躺在病床上，眼光總是跟著跑來跑去的斯維塔打轉，不時提醒斯維塔小心點，別撞傷了。

我看著斯維塔，忍不住想，要不是我們剛好從廣場出來，這孩子是不是就沒有媽媽了呢？

「她的爸爸是一個昆蟲學家，在生態保護局工作。有一次出城採集昆蟲標本時遭遇烏奇攻擊，最後連屍體也沒找到。」或許是怕斯維塔聽見，安妮斯娜聲音放得很輕：「當我發現我的人工心臟無法再獲得充電授權時，我只擔心在我死後斯維塔該怎麼辦？地球就要滅亡了，到時根本不會有人顧及到我的女兒。」

安妮斯娜頓了一頓，將跑得氣喘吁吁的斯維塔抱在懷裡，重新梳了梳她玩亂的頭髮，用蝴蝶髮帶紮了一個小馬尾，愛護之情溢於言表。「我本來是想送她去移民的。」

「但她還那麼小——」我忍不住說。

「可是她將有三分之二的機會能活下來。」

即使小斯維塔會很孤單，也沒關係嗎？

安妮斯娜看著我，笑得很是溫柔：「博士，謝謝你。不管地球之後會變得怎麼樣，現在的我至少能陪她走完最後一段路。」

「放心吧，妳還能陪她很久、很久。」

安妮斯娜笑了笑，或許是因為曾在鬼門關前走過一回，她的眼裡有看開一切的平靜。沒有所謂的死亡恐懼，只有想陪伴女兒的勇氣。

橋之門陪我去見了安妮斯娜後，又陪我到花園裡散步。那之後的幾天，小斯維塔一直黏著我們。每天霍然又或是橋之門在帶我到各處看看後，我們總會再去趟醫院，陪斯維塔玩一會兒，才回到基地。

這個城市跟我想的一樣，地球存亡的最後三多個月，有些人選擇自我放逐，有些人加入軍隊，更有許多人陷入嬉皮式的飲酒作樂，只是在政府的嚴格控管下，整個人類社會看起來那麼地平靜，也那麼岌岌可危。霍然說，那是因為人類對未來早已失去信心，但如果人類知道我的存在，情形一定會不一樣的。

第五個晚上，橋之門送斯維塔回去睡覺後，艾斯醫生突然出現。他的表情很怪，像是很興奮，又像是很焦慮，他站在我身旁，學我的樣子看向花園外排隊的病人。「是你救了他們。」他的聲音壓得很低，嘴唇只稍微動了一下。

我沒有說話。今天在外頭排隊的人比之前的還多，我感到氣氛有一絲不同。他們不像是之前來排隊的病人，帶著了無生氣的木然，今天的病人跟艾斯給我的感覺很像，像是隱藏著一種期待，一種渴望。

「以前不管怎麼樣，總有一些病人不死心，每天都來碰碰運氣。但自從你來過後，那些病人再也沒有回來排隊。我私底下問過他們，原來在他們回去後，人工心臟又恢復正常供電量。是你對不對？」艾斯根本不要我的答案，他太興奮了，說出的話語像是連珠炮，又低又急：「所有人都不知道發生什麼事，他們以為是我們這間醫院比較特別，私底下開始口耳相傳，一個告訴一個，要其他人也來這裡試試看。但我知道，這是因為你！」艾斯看了尚威中士一眼，發現尚威也在看他，艾斯對他微微一笑，就像是一個醫師看到病人那樣得宜的笑容。

「你是怎麼做到的？」他以氣音小聲問道。

我搖搖頭。人在思考的時候，知道自己是怎麼思考的嗎？即使說不出所以然來，人類也的確在思考，無需學習。供給電力、吸收能量、操弄所有的能源體，這是我與生俱來的本能，這樣程度的釋放能量，對我來說沒什麼，卻能救許多人。

是的，許多人。就像是磁鐵，先是十幾二十個，再是上百個，越來越多人聚集在醫院前，然後再也包不住火。

有一天當我想要出門時，尚威中士直接擋住我。他的身後站著將軍，我沒有試圖掩藏，因我知道在他那一雙眼下，什麼也藏不住。

將軍逕自走到沙發前，坐在我慣坐的位置上。即使坐了下來，他的模樣還是帶著軍人的一絲不苟，彷彿坐的是一張生硬的鐵椅。「中士應該告訴過你，你不能擅自行動。」

「你要我做的和我正在做的，並沒有衝突。」

「你知道那間醫院外面現在聚集多少人嗎？一千八百三十八人！」將軍冷冷打斷。

「那我就能救一千八百三十八人，還給他們一個正常運作的人工心臟。」

「核，你太天真了。」將軍像是在看一個吵著要糖吃的小孩，淡淡說：「你以為你救了很多人。但這些人頂多是多活幾個月而已，清理地球的時間一到，每個人都會死。你現在應該要做的，就是盡可能把能量儲存下來，用來幫助我們早點把**他們**趕回去。」

「我要是真照你說的話去做，在『上帝』攻打地球前，那些人早就死了。」我不客氣地回道：「將軍，恕我直言，你一方面說想要保衛地球，另一方面卻又剝奪人類生存的權利，你太自大了。」

碰！桌子被將軍重重一拍，上面的水杯跟著一震，順著翻倒的水杯，水一下子流滿整張桌子。

將軍猛地站起，一個龐大的陰影籠罩住大半張書桌。他的臉色無比陰冷，語氣生硬：「你以為你能救多少人？今天是人工心臟需要充電，明天是輪椅要充電，過兩天又會有人吵著要更亮的夜間照明、更多的食物……人類只會不斷提出各種要求，難不成你都要滿足他們？你應該將你的力量放在最需要的地方！」

「那只能證明我做的事情是對的。」

「哼！」他哼出一口氣，神情間頗不以為然，卻未再與我繼續爭辯下去。最後在離開前只留下一句：「你不要忘了普羅米修斯之墓的教訓，人類的欲望從來沒有盡頭。」

普羅米修斯之墓是人類給自己的警告。

而我，是在打破人類的警告嗎？

在那之後，將軍果斷地限制了我的行動，他將我移到郊外，最靠近防護罩邊緣的地方。那兒沒有任何電力設施，連電燈也沒有。就只是一座早就廢棄掉的城堡，搭建在海面旁的懸崖上。隔著城堡五公里處，尚威中士架起守衛哨，圍了一圈鐵絲網。將軍考慮得很周到，他知道如果繼續將我關在基地裡，我太容易操弄電力。只有在這荒無人跡的地方，才能減少我的影響力。

一直到阿原博士來探望我，我才知道軍方正在研發能將核能功率倍轉輸出攻擊的武器，以便屆時對「上帝」作最大的反擊。橋之門則是趁守衛不注意，偷偷告訴我，軍方會這麼緊張的原因，是因為有謠言說政府把核放出來了，許多人將我當成救世主，將打敗「上帝」的希望放在我身上。

我以為這就是全部近況了。但橋之門說著說著卻猶豫起來。

他說，隨著軍方的三緘其口，老百姓從焦慮到不安，緊接著是愈演愈烈的抗議暴動。軍方不得不出動攻擊型武器強力壓制，好阻止不斷擴大的流血傷亡事件。

他說，相較於來自遙遠星系的外星威脅，還有更多人，他們害怕的是我，更恐懼我的出現將帶來無可挽回的核汙染。

然後我才想起來，其實我在人類眼裡一直是個惡魔。

Chapter 09

頑固的信念

在我搬進城堡後的兩個星期，軍方研發的核能功率放大器總算進入最後的測試階段。將軍希望我協助校正放大器準度，至少不是等到我做了決定後才來調校，那會浪費太多不必要的時間。我同意了。

車子駛離城堡時，天色才剛濛濛亮，空氣裡滿是新鮮露水的味道。所有的車窗掩上黑幕，車裡頭播放著輕柔的古典樂，是帕海貝爾的〈D大調卡農與吉格〉。

廂型車內的空間很大，尚威中士和我面對面坐著。「聽說你在普羅米修斯之墓中有一套很棒的音響，你喜歡聽古典樂。」

一套音響，還有一架鋼琴和小提琴，那是我跟聯合國安理會爭取好久後才得到的禮物。基本上，普羅米修斯之墓中絕不能出現任何電力設備。一直到我告訴他們我會用自身的能量播放音樂，他們才同意我的請求。

「我也喜歡流行樂。」或許是因為尚威中士釋出的善意，頭一次我對他笑了笑：「但在過了兩百年後，當年最流行的音樂已經變成古典樂。」

「能留存這麼多年的音樂，都是人類偉大的作品。」

這點我和他意見一致，所有好的作品絕對經得起時間的考驗。「對了，我聽霍然說，你之前是太空防禦飛行員，隸屬將軍麾下。你是地球上第一個打下『上帝』戰艦的飛行員。」

「那不是我一個人的功勞。大家會記得我，只是因為我剛好是按下攻擊鍵的那個人。」

出乎意料之外，尚威很謙虛，一點也不居功。大概是看見我一閃而逝的吃驚，他難得笑了笑：「怎麼，你眼中的軍人就那麼讓人討厭？」

「不是討厭，是頑固。」就像之前在街上，不管霍然怎麼要求，尚威就是不肯請示上級使用電力救人。

「我會把它稱作信念，而不是頑固。」尚威頓了一頓，「我記得你問過我，我有沒有孩子。」

「當時你沒回答我。」

我以為他會在孩子這個話題上繼續打轉，他卻突兀地轉過話題：「你到過太空嗎？」

「我沒去過，但曾在全息螢幕上看過整個星系。」

「那不一樣。螢幕上的銀河系再怎麼真實，也比不上親眼看到的地球。有人說，地球就像是放在黑色絨布上的藍色寶石，它不是唯一的一顆，卻是宇宙這個珠寶盒中最美麗的珍藏。我覺得這個比喻很貼切。每次我出任務，最喜歡做的事就是看著地球，感受生命的不可思議。我很清楚自己就是從這裡飛出來的。所以，我會好好保衛它。」

「這好像是你第一次對我說這麼多話。」儘管尚威說得很平靜，但他對地球的熱愛感染了我。我想我懂他的意思，就像音樂家選擇用音樂來發聲，將軍和尚威則是選了我來消滅敵人。

消滅敵人，然後保衛地球這個孩子。

接下來我們沒再交談，彷彿回到普羅米修斯之墓，密閉的空間裡只有小提琴弓拉曳的長音，婉轉地好像今早的露水，沿著葉脈的曲線滑過。車子在一段平穩地行駛後突然停了下來，隔了一分鐘左右才又啟動。我猜，我們剛經過守衛哨。

然後，音樂聲漸漸變小了。也或許不是音樂變小聲，而是車外傳來的聲音太喧嘩，掩蓋了柔軟的樂曲。

我看不見車窗外的動靜，但是我聽得見，如同橋之門善意的提醒一樣：在這個荒廢很久的城堡中，突然之間來了很多駐兵，自然會有人猜到這裡可能關著傳說中的核。很快地，一波又一波的人長途跋涉而來，徘徊在鐵絲網外不肯離開，他們和守衛哨隔著一段安全距離，使得軍方找不到理由驅趕他們。可只要一有車進出城堡，他們就會蜂湧而上，拚了命地拍打車體。

聲音很雜，說出的話語很難聽。他們指責我是惡魔，是撒旦，是個自以為是人類的噁心變種，最好趕快離開人類的領地，滾回普羅米修斯之墓。在士兵強力喝止下，我還聽見另一個聲音，他們叫我上帝，只有上帝能對抗「上帝」，他們祈求我的援助，抵禦真正的敵人。

在一片謾罵和讚頌中，〈卡農〉是唯一不變的主旋律。尚威閉上眼睛，彷彿完全沉浸在那漫撒的樂章中，每每點一下頭都與音樂合拍。這般的模樣，如果不是他那身軍服，我幾乎忘了他的身分其實是個軍人。

「尚威，一個人有可能同時是救世主又是惡魔嗎？」

「你覺得呢？」

「我不知道。我只知道這是兩個截然不同的語彙形容，卻在我身上同時出現。」

他睜開眼睛，認真看著我：「只有獨裁者才能同時是救世主又是惡魔，因為他不只無情，還夠專斷。」他沉默了一下，接著又說：「這首曲子很棒。」

在尚威眼裡，人類能創作出最偉大的作品。他是在用他的方式告訴我，不管周遭有哪些雜音，只有我才能保護人類，為人類留下輝煌的成就。

車子一路開進基地，停在實驗室門口。尚威說阿原博士和橋之門在裡面等我，他就不進去了。將軍給他的指示是把我護送到實驗室，等測試結束後再把我送回城堡。他是個恪守命令的好軍人。

「你還好嗎？」

老實說，在現在這個情況下，這變成一個很難回答的問題。按照一般打招呼的方式，我只要回答：「我很好。謝謝。」就能結束。不過，阿原博士和橋之門似乎知道我在來的路上遭遇了什麼樣的阻礙，才會以那般有別於平常的關切眼神看著我。想必他們每次進入城堡時，也遇過一樣的對待。畢竟那些人不知道車裡坐了什麼人，只能胡亂拍打每一輛經過的車子，然後期待車裡坐的乘客正好就是我。

「不要管那些守墓人說些什麼，他們不懂你的偉大。」阿原博士口氣十分激動。

「守墓人是什麼？」

「那些罵你的人，他們自稱守墓人，一個激進的環保團體。」橋之門看了我一眼，又看看阿原博士。

「不盡然是這樣。」一個和阿原博士差不多年紀的男人插進我們的對話。和實驗室裡其他的研究員不同，只有他穿著西裝，右臉頰上有一道長長的疤痕，我猜那應該是舊傷，因為它和周圍的皮膚比起來暗沉了很多。他說他叫車諾，是生態保護局的局長。「守墓人其實是由各地區的環保團體所組成的聯合組織，生態保護局一直跟守墓人維持著很好的合作關係，致力於環境改善。但自從你被放出來的消息傳開後，這個組織迅速地擴大，他們相信軍方刻意美化核能量，隱瞞核變帶來的危害，抗議行動也越來越激進。」

「守墓人和兩百年前的普羅米修斯小組是不是有什麼淵源？」這不難明白。在我被放出來前，這個聯合組織就存在了，還以守墓人命名。那麼它和當初的普羅米修斯小組應該有些關聯。

「你猜得沒錯，當年普羅米修斯小組的宗旨是禁用核能、致力生態保護。理論上在你被關起來後，這個組織就不再需要存在，不過它漸漸成為民間激進環保團體的代言人，作為和政府溝通的橋梁，又稱『守墓人』。」

「這麼說，局長出現在這裡，是想代表守墓人發言，抗議今天的核能功率測試？」

「核——」橋之門用眼神對我示意，臉上帶著尷尬的表情：「車諾局長是 Esim 的發明人，一生都在跟烏奇奮戰，我們很尊敬他。」

倒是車諾局長並沒有因為我的一番話生氣。他只從懷裡掏出一份文件，說明他已經接受安理會的委託。「我知道你將自己克制得很好，但這玩意兒畢竟是我們第一次使用，能將你身上的能量倍轉放大。我們想確認在能量放大傳送的過程中不會引起輻射汙染。」他的用詞很輕鬆，甚至幽了我一默：「你懂的，總不能在你毀掉『上帝』的同時，也毀掉地球。」

我相信只要我能上外太空，身上施放的能量就絕對不會影響地球。但透過功率放大器……我就不能肯定了。安理會的顧慮有其道理在，我沒理由因為在來的路上不愉快，便拒絕他在旁監督。

測試是一個冗長、重複的過程，不斷地調整放大倍率和發射角度。只見絢麗的火花中激射出一道熾燦的白光，絕對的白，絕對的亮。

橋之門說，他夢裡的天堂也是這樣，他還在夢裡看見自己，也是白的，百分百純度的白色，跟周遭融為一體。

我沒有做過夢，也沒有看過天堂。對我來說，橋之門那富有詩意的解釋，說穿了不過就是兩個字：失敗。

這是今天第七次的失敗，而橋之門的天堂還是像第一次一樣，那麼地燦爛白亮。理論上核能功率放大器應該將我身上的能量精準地投射到目標上，而不是像現在這樣，在倍轉過程中發生位移，造成能量在極大的偏差值下四處散逸。

一個研究員隔著觀測窗操作儀器，不停地在我身上照來照去，這種動態儀可以捕捉一個人運動中的姿態，藉此校正核能功率放大器與我之間的聯繫。雖然我不覺得問題出在我身上，但我早已習慣長久的等待，也就由得他不厭其煩蒐集資料。倒是橋之門，一下子拉著阿原博士和研究員說幾句，一下子又走來走去，似乎對測試結果很不滿。

「注意！右舷十二度，第八次試驗預備。」

廣播中傳來操作員的聲音，我聽從他的指示走向發射點，確認所有工作人員都戴上護目鏡後才開口：「測試就位。」

「第八次試驗倒數計時開——」

「等等、等等！」觀測窗那頭的橋之門，突然搶過麥克風，怕我在測試室裡看不見似的，同時大幅度地揮著手，想要引起我的注意。「核，你能瞄準鋼板嗎？」

「什麼？」

「直接擊打鋼板啊。你根本不需要瞄準器對吧？」

我還在想他是什麼意思，早有人將橋之門從控制台前一把扯開。雖然我聽不見他們的對話，但從那幾位研究員激烈的肢體動作看來，他們一定狠狠罵了橋之門一頓。

我看著五十公尺外鋼板上的紅點，不明白橋之門為什麼要提醒我本來就做得到的事？

「第八次試驗倒數計時，五、四、三、二、一！」

我決定按照橋之門的提議，目光集中，直直盯著遠方的紅色標記，沒有依研究員之前的指示朝那方向抬起手臂。

「核，右舷十二度。你應該要抬起手——」操作員猛地住口。

在白光接觸到鋼板的一瞬間，先是一朵赤紅色的火花迸開，緊接著耳朵裡傳來細微的嘶嘶聲。突然，鋼板啪的一聲從中間裂開——

正中紅心！

「你們看你們看！」橋之門忍不住咧嘴笑開，這次他的聲音大到不用麥克風也很清楚。他太激動了：「我早說過瞄不準不是核的問題，他隨便打都能命中目標。是校正儀有問題！」

幾個研究員目瞪口呆看著我，車諾局長露出一個意味深長的笑容：「核，你真的超出我的預期。」

這時我才想起來，這些人從來沒看過我如何施放能量，難怪橋之門要我親自示範一次。

既然問題出在放大器上，接下來就沒我的事了。車諾局長表明想搭尚威的車順道去城堡，他想看看圍在鐵絲網外抗議的守墓人，看能不能找出一條雙方妥協的可能性。

「那些人只會躲在角落不停叫囂，卻提不出拯救地球的辦法。將軍對他們還是太仁慈，依我看應該像之前那樣，派軍隊直接驅離就是了。」我從來沒看過阿原博士發這麼大的脾氣，看來他對守墓人想盡辦法詆毀核武器的行為真的很生氣。

「阿原博士！」車諾局長抬手制止他再說下去。「每一個人都該有自己的聲音，即使守墓人表達的方式不同，我們也不能剝奪他們發聲的權利。」

「局長，我很尊敬你。但事情得分輕重緩急，**他們**就要打來了，這些人根本是在搗亂，說什麼這不過是一場跟撒旦的交易，難道他們能想到比核更好的武器嗎？」

眼看兩個人越說越僵，橋之門卻沒有上前阻止，反而悄悄將我拉到一旁：「放心吧，他們不會打起來的。車諾局長和博士是『老朋友』，那時為了接你出來，博士想跟局長多要一些ESim，兩個人吵得可兇呢，現在這個不過是小意思！」他掏出一張摺疊整齊的畫紙，塞到我手上，輕聲道：「喏，這是斯維塔給你的禮物，還堅持我不能偷看。她說她很久沒看見你了，很想你。」

想起斯維塔上次畫了穿披風的超人，堅持那就是我的認真模樣，我不由得笑了。只是那笑容沒有持續太久，因為橋之門又接著道：「晚些時候博士和我要去見將軍。如果將軍心情好，我會問他能不能讓斯維塔去城堡看你。嘿嘿，我這個主意還不錯吧？」

「不！不要讓斯維塔過來。」

他疑惑地看了我一眼。「難道你想讓她來實驗室？她只是一個小女孩，不可能進基地——」

「——那就再找其他地方，總會有辦法的！」

橋之門不說話了，我轉過頭，避開他探究的眼神。

「你擔心斯維塔會聽到守墓人說的話？」

他們說我是個怪物，噁心的變種。

「核，不要在意守墓人。我們都知道，那不是真正的你。」橋之門嘆了一口氣，將手伸到我面前：「給我看看她畫了什麼……一個茶壺，冒出一陣煙？我的老天，這是個什麼東西？」

白色的畫紙，藍色的煙霧，煙霧中還有我。「我猜她大概想畫阿拉丁神燈。」

「阿拉丁神燈？」他的眼睛一下子瞪得老大：「真的耶！是阿拉丁神燈。所以你現在不再是超人博士，變成斯維塔的神燈精靈了？」

茶壺柄那端畫著一個小小的圓圈，圓圈裡有一個大大的微笑，旁邊寫著「斯維塔」。

「或許斯維塔是對的，我不是救世主，也不是惡魔，我只是人類手中的阿拉丁神燈。」

「……核，你知道斯維塔沒那個意思，她還那麼小。」橋之門愣了一下，試圖給我一個聽起來不那麼傷人的解釋，可他的語氣聽來卻是如此薄弱無力。

「我知道。」我朝他微微一笑，小心翼翼折起畫紙。

我突然想通為什麼我對來的路上聽到的那些充滿惡意的話語耿耿於懷。其實尚威錯了，能夠創造偉大作品的，從來只有人類。而我只是人類手中的樂器，在適當的時候彈奏出他們想要聽的曲子。

不論是守墓人的聲音，還是敬服我的聲音，他們都只想藉著我完成一些什麼，卻不願意直視這露骨的欲望，只怕將這欲望說出口的自己會太鄙俗。只有一個叫做斯維塔的小女孩，敢於說出赤裸裸的事實——

我不過是人類的工具罷了。只有在人類需要我時，我才會被召喚出來。

Chapter 10

鐘擺的兩端

兩百年前，我的最後一個任務是在太平洋上的一個島國。

那一日天氣很差，雨下得很大，風勢很強，在塔台的要求下普通的客機暫時停止起降。我們是當時唯一一架還在天上的飛機，在穿過對流層時整個機身晃動得很劇烈，機長好幾次試著降落，又陡然拔高機身，就像是坐雲霄飛車一樣。

坐在我後面的女士緊緊抓著扶手，臉色蒼白、嘴唇哆嗦，她一直對丈夫抱怨自己有幽閉恐懼症，這種不平穩的環境愈加引發她的害怕和不安。她現在恨不得打開機艙門，讓暴風帶著她跳下去。

女士的丈夫試圖安撫她的情緒，她卻猛地縮起身子，厲聲說：「不要碰我。」

她的恐懼引起更多乘客的焦慮，像是漣漪一樣慢慢擴散，每一顆都是懸而未決，等待判刑的心。忽然，不知道哪個乘客戲謔地喊了一句法文：「C'est la vie!」在緊張的氣氛下，所有人神經質地笑了。

C'est la vie. 這就是人生。有一些無奈，有一些不可逆的處境。

要不生，又或死。但人類的一生並不是在生或死之間做選擇，而是擺盪在生死之間，就像鐘擺一樣，體驗從誕生到死亡間的路程。

天空倏地劃過一道閃電，斗大的雨水打在機窗上，底下的建築物在水霧中扭曲了原本的形狀，海面看起來卻像剛從冰箱裡拿出來的果凍般平滑無波。我不死心，努力將臉貼近窗戶，想看個究竟。隨著飛機高度漸漸降低，我才知道剛剛那平靜的海面只是一個幻象。事實上海浪捲得那麼高，只是在高空下，所有的浪再高也不足為道了。

當飛機一接觸到地面，乘客中猛地爆出一陣歡呼。就連那位患了幽閉恐懼症的女士，也激動地抱著丈夫不斷啜泣。

機艙門開了，空姐向我道別時眨了眨眼睛：「C’est la vie.」排在我身後的乘客發出會心的一笑。

我停了一下。

「需要幫忙嗎？」她問我。

「……不用，謝謝。」

最後我還是沒說出想說的話。

這是我的最後一個任務，卻比預期的多花了點時間。明明是一個小小的國家，核電廠的密集度竟然排名世界第一。我在不同的核電廠中穿梭，即使在人類眼中這些核電廠的外表如出一轍，只有一個個的代號，但我知道它們其實各有各的個性，每一個都獨一無二。

有一回我在熔合完同伴後，恰好聽到電視主播報導：「第十三號核能發電廠已經正式除役。普羅米修斯小組即將前往第十五號核電廠……」

我訝異於主播接二連三的口誤，一心想聯絡電視台提醒。「她報錯了。已經除役的是第十五號核電廠。我們現在要去的才是第十三號。」

但是其他人卻阻止了我。他們說：「算了吧。一般人根本分不清一號、二號的差別。這種糾正的工作不是我們該做的。」

人類告訴我，所謂的失憶指的是發生過的事可能會被大腦選擇遺忘，特別是一些不重要的、無關要緊的。但我在書上看過，人的大腦遠比人類自己所想像的還精密，那些無關要緊的事並不是被遺忘了，而是深藏在記憶的某一個角落，等著被發掘。

我不確定哪種說法才正確，因為我記得所有的事情，每一天、每一分、每一秒，樁樁件件清晰得彷彿剛剛才發生過。我不由得想著，是不是在人類眼裡所有的核電廠都是無關緊要的，所以他們才記不住核電廠的代號？但是，既然無關緊要，人類為什麼又急於熔合每一座核電廠呢？

「烏塔爾，將我們熔合後，你會去哪裡？」

和我對話的是最後一座核電廠，我可以感覺它身上的能量不斷朝我湧進來。在熔合的過程中，我們總有許多對話。我本以為這次就像以前無數次那樣，所有的問題都有一套標準答案。「任務結束後，人類會帶我去一個叫做普羅米修斯之墓的地方。」

「普羅米修斯之墓？那裡會是我們以後的家？」

「對，我們的家。」從今而後，至此而終，直到永遠。

「烏塔爾，你有想過人類是怎麼來的，死了以後又會去哪裡嗎？」

能量還在湧來，它的問題沒有停歇，我卻不知道答案。「我聽說人類在醫院裡出生，在醫院死亡，死了以後埋在一個叫做墓園的地方。」

「但是，」它堅持：「你還是不知道人是怎麼來的，以後又會去哪裡，對不對？」

「我不知道。」我感到它正在慢慢減弱，而我的精神逐漸飽滿。「為什麼你想知道人類的事？」

「我覺得人類很奇怪，他們不知道自己從哪裡來，以後會去哪裡，卻替我們想好了未來。」輸送來的能量頓了一頓，幾秒後才又開始流動。「烏塔爾，你能給我一個名字嗎？」

「你已經有名字了。」

「那是人類給我的編號，是人類擁有我的證明，但我不屬於人類。我的母親，我的保護者，你給我一個名字吧。」

我的同伴，我的孩子，你就是我吶，但你現在竟跟我討要一個名字……一個名字。「C'est la vie.」我從來沒有為任何事物命名過，當下我腦中只浮出這麼一句話。

「C'est la vie? 這是我的名字嗎？」

能量在我體內跳舞，狂躁的、歡樂的喜悅，就像遊樂園裡的旋轉咖啡杯，一圈一圈轉得飛快，發出尖叫聲：

C'est la vie! C'est la vie! C'est la vie……

核電廠漸漸變暗。

「……再見了。」

這是我第一次為核電廠命名，也是最後一次。那之後我仍沒想明白人從哪裡來、以後會去哪裡。但我看見了人類和我們的不同。人生，像鐘擺，可以在生和死之間迴盪，體驗種種美好的、不美好的。我們不是人類，只能在鐘擺的兩端，要不就是生，要不就是死，從不會擺盪。

Chapter 11

所謂的人生

我猜我突然想起這麼久以前的事，是因為我開始看見人生的酸甜苦辣：斯維塔單純的快樂、艾斯醫生對病人的愛、霍然博士嚮往真正的上帝、阿原博士對守墓人的莫可奈何……，林林總總的一切都是我和我的同伴們從沒體驗過的，那叫做人生的東西。

「你的太陽神之舞。」橋之門遞給我一杯調酒，幽藍色的液體在杯中流竄，勾起陣陣濃白煙霧，液體中間還不時噴出赤紅色的火焰。他說這是時下最流行的雞尾酒，一定要我試試看。

我們現在正在基地附設的酒吧。橋之門說我們運氣很好，在這個「烏奇大戰一〇二年紀念日」裡，一次就通過核能功率放大器測試，太值得慶祝了！可惜的是，所有研究員和阿原博士都得忙著寫測試報告，只有車諾局長答應了他的邀約，跟我和橋之門一起到酒吧喝一杯慶功。

有賴於車諾局長的居中協調，過去一個星期裡守墓人行為收斂多了，從大聲辱罵轉變為沉默的拉布條抗議。對於這小小的轉變，阿原博士勉強當作這是守墓人釋出的善意，和車諾局長間的緊張關係也緩和了些。

某種程度來說，阿原博士和車諾局長是不同類型的科學家。一個致力於核研究、木訥嚴肅；一個致力環境保護，喜歡和人打交道。幸好，這次兩人的堅持有了共同點，相處起來還算和平。

橋之門對車諾局長身為 ESim 發明人竟然能忙裡偷閒感到不可思議，但局長卻說他一點也不想出席紀念典禮，喝一杯正好。酒吧裡滿是休假的士兵，尚威好不容易找到一張桌子（我懷疑他是利用職權請那些原本坐在那裡的士兵離開），原本車諾局長也想請他喝一杯酒，他倒是很乾脆地拒絕了。尚威不在執勤時喝酒，但為了不干擾我們三人聊天，他自己找了個吧檯的位子坐著，眼神很盡責地放在我身上。

「味道怎麼樣，好喝吧？」

看著橋之門一臉期待的樣子，我實在說不出太陽神之舞喝起來就像是我們那年代的消毒水這樣的實情。「下次我調一杯 Mojito 給你們試試。」

「Mojito？哈哈拜託，那種喝法早就退流行了。」橋之門毫不掩飾他的笑容，笑了一陣後才問：「你剛在想什麼？」

「我覺得我正在認識人類。」

車諾局長手上拿的是威士忌，他大概也不習慣新新人類的太陽神之舞，很自然地接過話題：「這不就是你一直想做的？觀察人類、認識人類，然後決定要不要幫助我們。」

「……我不知道怎麼說。」

他們兩人鼓勵我試著解釋看看。

全屏螢幕上正在播放「烏奇大戰歷史回顧」，偶爾穿插安理會官員陸續抵達典禮會場的畫面，典禮預備在正午十二點〇八分鳴砲。這是當年烏奇大戰宣布結束的時間，那之後人類以防護罩隔開烏奇，避免烏奇大舉入侵。

我看著電視主播一張一闔的嘴巴，試圖組織我的思緒。「兩百年前，普羅米修斯小組教我所有的東西，他們說這樣是好的那樣是壞的、這叫做善那叫做惡，我聽從他們的指示看待這個世界、執行我的責任。現在的我卻因為『上帝』的緣故，第一次由我自己認識人類。」

橋之門問：「很合理。然後呢？」

「然後我發現當我開始認識人類以後，我不知道我能找誰分享這些……這些感受。」

「你可以找我說啊，我們是朋友。」他搔了搔自己的頭，為了找出更多的詞彙，他的雙手不斷揮舞。「要不然找霍然博士也可以，你們不是也很談得來嗎？」他又看了車諾局長一眼：「還是你想找老成持重的學者談談？」自從橋之門發現車諾局長從不擺架子後，「尊重局長」一事很快就被他拋到腦後。

「那不一樣。」我搖頭：「你有煩惱時會去找你人類的朋友，不會找我。因為不論你再怎麼抱怨，我都只能努力想像，而不能真正體會你的感受。」我在書上讀過，生在夏天的蟲子永遠無法知道冬雪冰寒的滋味，因為牠的生命太短暫活不到冬天。

橋之門揮舞的手停在半空中，他喔了一聲，似乎了解了我的意思。

「一直以來我都是個單一的存在，從來沒有誰和我長時間的交流。我甚至還來不及和核電廠們深交，他們就成了我的一部分，我們在思想中對話，最後變成我，這樣的羈絆我們稱為同伴。」我頓了一頓，「可是當這個世界只剩下我的聲音時，我也就只有我了。」

螢幕上傳來肅穆的典禮樂聲，安理會代表正在發言。剛剛還吵吵鬧鬧的酒吧一下子安靜了許多。所有的人全神貫注盯著電視，緬懷當年烏奇大戰的慘烈。

一直沒說話的車諾局長突然開口：「核，你不是想找人分享你的感受，而是想要找到人類之外的人，又或是任何一種可以溝通的生物，一起討論人類的命運。」

「……對。」

以前的我只需要聽從普羅米修斯小組的指示，現在的我可以自己做決定。可是這一次也跟以往的任何一次都不同，不能夠反悔、不能夠重來。我沒有經歷過所謂的人生，過去我的同伴也沒有，但「人生」卻是人類之所以為人，會哭、會笑、會覺得孤單的一段旅程，他們將在我的決定下發生不可逆轉的改變。

大概是因為我太誠實，車諾局長看了我好一會兒才說：「我以為你已經決定好了，不然不可能這麼配合我們校正核能功率放大器。」

「有意思。核現在也有自己的聲音了。」橋之門瀟灑地舉起酒杯，與我的酒杯碰了一下，又碰了一下局長的。「局長說的，每個人都該有自己的聲音。我們就敬——自己的聲音！」

我們各自淺啜一口，都笑了。

橋之門放下酒杯後，轉頭看向電視：「嘿局長，他們提到你了。」

官員的悼念還沒結束，但主題已經從烏奇大戰、大饑荒……緊接盛讚起 Esim 的重要性。官員感謝車諾局長的貢獻，帶領人類真正終結烏奇、戰勝烏奇。

底下的聽眾一陣掌聲，坐在我身旁的車諾局長臉色卻不怎麼好看。連橋之門也發現了：「局長？」

「這就是我一點也不想參加紀念典禮的原因。」他一口氣喝光杯裡的威士忌：「我早跟他們說過，我們沒有戰勝烏奇，ESim 也不是用來消滅烏奇的武器！」他睨著眼看了橋之門一眼：「小伙子，你還記得我們第一次見面時你說了什麼吧？」

「噢，糟了！」橋之門馬上想起前幾天發生的事。他對我說車諾局長是 Esim 的發明人，一生都在跟烏奇奮戰。很明顯局長不喜歡對抗、戰勝這些字眼。「我再去幫你們拿點酒。」橋之門一溜煙就跑掉了，只剩我跟局長。

「你是不喜歡把功勞攬在自己身上，還是有其他的原因？」

局長將右臉轉過來，長長的疤痕對著我。「這是烏奇留下的痕跡。以如今的醫美技術要消除這道疤痕是件再簡單不過的小手術，但我選擇留下它，因為我想提醒我自己，烏奇是不可能被消滅的，人類只能與自己造成的後果同生共存。你知道 ESim 的原理嗎？」

「我聽阿原博士解釋過。ESim 能模仿烏奇的聲音、氣味、色彩，讓烏奇以為這是牠們的同伴，藉以轉移對人類的攻擊。」

「沒錯。烏奇是人類使用太多農藥、化學藥劑的變異種，我相信就算人類夠聰明，可以發明出消滅烏奇的毒藥，也只會讓烏奇再一次演化變異，變成我們不能掌控的生物。為了人類長遠的未來，為什麼我們就不能和烏奇和平共處？二十年前我發明了Esim，本來的目的也是如此，但那些官員就只喜歡挑些聳動的字眼……」局長露出苦笑。「還每年都來一次。」

橋之門拿了三杯啤酒回來，正好趕上局長的抱怨。「局長，照你這麼說，既然人類能跟烏奇和平共處，應該也能跟『上帝』和平共處。那不如我們直接跟他們投降算了，核也不用這麼煩惱。」他在我的肩上拍了拍，有種火上加油的感覺。但我知道這不是橋之門真正的意思，如果橋之門屬於投降派，他就不會冒著核汙染的危險接我出來。

「人類是不可能戰勝大自然的。記著，永遠不可能。」

雖然車諾局長看著橋之門，我卻有種他是想說給我聽的錯覺。是嗎，永遠不可能？那麼你想向「上帝」投降嗎？

我來不及多想，酒吧裡的人突然一陣激動，大聲吼道：「帥啊將軍，說得好！」那吼聲差些沒把屋頂給掀翻，甚至還有人吹起了口哨。

電視上的將軍侃侃而談，就像他每一場出色的演講，總深深吸引所有人的注意力，讓人目不轉睛。他是典禮中最後一個，也是最重要的一位貴賓，當他致完詞後，就要進行鳴砲儀式。

「人類掙扎、生存、奮鬥，從一無所有走到現在。烏奇大戰不僅是歷史給我們的一課，它同時也告訴我們，人類有戰勝未來的能力。在此，我要告訴大家，人類即將從現在走到未來。誰也不能阻止我們大步前進！」

長長的沉默。

鏡頭鎖在將軍仰起四十五度角度，直視天空的臉龐。

他是在跟「上帝」宣戰，誰也不能阻止人類大步前進，就連「上帝」也不行！

人群中爆出一陣激烈掌聲，是我聽過最久最久的掌聲。

紀念典禮上的與會嘉賓看起來很激動，有些人還哭了出來。鏡頭一轉，電視開始重播將軍剛才的致詞，甚至還在「誰也不能阻止我們大步前進」上加了三個驚嘆號。

然後「啪！」一聲，螢幕驀地一片漆黑。

尚威警覺地抬起頭四處觀望，不動聲色走到了我身旁，原本輕鬆放在腿側的手貼放在腰間，那是他配戴隨身槍械的地方。

我聽見有人大聲詢問酒保是不是電視壞掉了。有個士兵試圖走到螢幕前查探，想確認是不是電視機哪個零件壞掉了。那士兵才剛走出兩步，又聽見一聲「啪！」。

歡呼聲此起彼落，電視好了，大家又可以繼續觀看剛剛的鳴砲儀式。

但是畫面上出現的卻不是紀念典禮，只有一整片蔚藍的天空，上面寫著：45。

「45」？什麼意思？

所有的人你看我我看你，這不像是鳴砲倒數，高掛的「45」更像是由白雲偶然組成的形狀，輕飄飄的有些不實際。讓人覺得有些熟悉……

橋之門像是想到什麼，突然往窗戶方向跑去，想也沒想就一口氣打開窗戶，他太用力了，窗框發出刺耳的刮蹭聲音。陽光射在他的臉上，照得他的臉一片蒼白：「你們看。」

我還來不及探頭出去，一旁的尚威隨後拉住我，遞上他腕上的通訊器：「霍然博士找你。」

「觀測站剛剛收到**他們**的警告。」她的聲音裡有著濃濃不安。

「**他們**說了什麼？」

其實我不必問霍然**他們**說了什麼。因為在我問霍然的同時，電視上的畫面自動分割成兩半，一半仍是剛剛的「45」，一半是一片白光。那白光讓我聯想到人類和「上帝」第一次在外太空碰面時的影像紀錄。霍然所在的觀測站只比「上帝」想要給全人類的訊息早到一分鐘而已。

在和人類長時間相處後，白光學會了人類的語言，此刻甚至帶著本應讓人安心的溫柔口音：「人類的大步前進只會招來滅亡，清理是唯一的道路。從此刻開始，每隔十五天，我們會再遮蔽百分之二十五的太陽光。提醒諸位，我們歡迎新移民加入方舟計畫，但是不要抵抗。我們請求諸位，不要抵抗。」螢幕上的「45」隨著白光說過的話漸漸變暗。

或許「上帝」沒有人類想的那樣高不可攀，他們還不能準確地掌握人類的語言，才把「要求」講成「請求」。

「是天網。」車諾局長的眼中有深深的震懾。

隨著車諾局長看向窗外，天空中的「45」，一片灰濛濛，雖然被天網遮蔽掉百分之二十五的陽光，它仍顯得無比巨大。

Chapter 12

倒數的時間

過去「上帝」將屍體送回地球時會在天空公告數量，但那公告很快就逸散了。這次巨大的「45」卻一直高掛在天空中，隔天甚至還由「45」變成了「44」。

如果說之前還有些人刻意忽略「上帝」的警告，假裝什麼事也沒發生過，只想投機取巧苟過剩下的日子，這一次他們再也不能假裝看不見了。不管白天還是黑夜，只要一抬頭就能看見天空上的數字，每一個人的壽命都一樣長，誰也躲不掉。

「上帝」的倒數計時像是如影隨形的死神，激化了本來就不安的大眾，霍然博士選在這時候要求召開緊急會議。

參加會議的只有四個人：將軍、阿原博士、霍然博士和我，在我第一次進基地時的會議室舉行。

和上次不同，霍然直接切入主題。全屏螢幕上播著兩個畫面，一個是「上帝」的「45」，一個是那道白光。「這是昨天社會大眾看到的畫面。**他們**同時占用民間、官方和軍方頻道，向全世界同步宣布消息，和以前一樣，電波天文觀測站會在訊息抵達地球前的幾分鐘先收到**他們**的消息，你們先聽聽看。」

「人類的大步前進只會招來滅亡，清理是唯一的道路。從此刻開始，每隔十五天，我們會再遮蔽百分之二十五的太陽光。提醒諸位，我們歡迎新移民加入方舟計畫，但是不要抵抗。我們請求諸位，不要抵抗。」

儘管昨天已經在電視上聽過白光的威脅，今日再重聽我還是覺得不舒服，**他們**怎麼能一邊請求人類不要抵抗，一邊用著和善的語言說出清理地球的話來？

霍然又拉出新的螢幕，這個螢幕上出現了七、八個小視窗，每個視窗裡都是一道白光，右下角標註日期和時間。霍然首先點擊最左邊的小視窗，白光開始說話：

「首先，我們由衷地感謝過去一年來人類慷慨提供的地球資訊，幫助我們了解地球上的一切。經過詳實的研究後，我們很遺憾地發現，地球人還未達到作為宇宙公民所該具備的條件和科技，在你們的星球被破壞殆盡前，我們將擔負起管理之義務，協助地球更好的發展。」

我懂了，這些小視窗應該是「上帝」給人類的警告訊息，從左至右依時間排列，白光的聲音十分平穩，如果不是內容那麼駭人，這簡直能當作廣播技巧教材。

接下來，霍然依序點開其他視窗：

「我們已經找到適合地球生物居住的星體，載送新移民前往新居地的方舟將於地球時間三天後抵達。請各位盡快作好移民準備。」

「感謝參與方舟計畫的新移民。為確保新居地的永續發展，將為諸位進行素質測試，無法通過測試者，立即遣返地球。此次遣返人數共計二十七位。」

「為保障地球人類正常生活作息，自今日起，有關遣返數量告示，將於地球時間每晚八時整準時公布。請諸位仰望天空，觀看告示，不再另行公告。」

最後一個視窗是一個半月前的清理訊息，內容和我預期的差不多，只是我總覺得哪裡不對勁。

注意到我一言不發，霍然期待地看著我：「你發現了？」

阿原博士聳了聳肩，插過話：「那就是**他們**一貫的說話方式，我不覺得有問題。」

「……我說不上來。」我努力想著，完全沒有頭緒。這些警告聽起來相當一致，每個視窗上的白光也閃著一樣的亮度，到底是哪裡讓我覺得不對勁。

「好吧，我再播放一次昨天的訊息。」

「沒有必要。」將軍開口阻止：「剛剛我們都看過了。」

但霍然已經按下播放鍵。

「人類的大步前進只會招來滅亡，清理是唯一的道路。從此刻開始，每隔十五天，我們會再遮蔽百分之二十五的太陽光。提醒諸位，我們歡迎新移民加入方舟計畫，但是不要抵抗。我們請求諸位，不要抵抗。」

相同的內容，只有一個地方不一樣。這一次連將軍都挺直了腰桿，眼神一利，大家都想到同一件事。

阿原博士訝異問：「為什麼這個版本的警告是一個女人的聲音？那妳剛剛放的版本是怎麼回事？」

霍然說：「我剛說過，第一個版本是大眾接收到的，就叫它一般版吧。第二個版本是女聲發聲，我把它稱為基地版，只在基地播放。」

阿原博士皺起眉頭：「什麼意思？同一個訊息為什麼會有兩個版本？難道**他們**以前給我們的訊息也有兩個版本嗎？」

「不。我確認過了，以前的訊息都只有一個版本。只有這一次，**他們**把訊息分成兩種版本。」

霍然苦笑：「這個基地版還是限定版，全世界只有我們基地收到，其他地方都是一般版。」

「電波天文觀測台呢？」將軍問：「收到的是哪個版本？」

「所有的觀測台收到的都是一般版。」霍然自從加入核計畫後，就被將軍調到基地工作，昨天她一收到觀測台回傳的報告，馬上聯絡我。一直到無意中看見基地重播的畫面，才發現竟然有兩個版本。

這是一個微小的差異，如果不是霍然把以前的訊息拿來做比較，又剛好發現一般版和基地版不同，很容易被疏忽掉。

「會不會是以前的訊息，包括這次的一般版，都是同一個白光發的。基地版是另外一個白光，所以聲音會不一樣？」我猜測。「基地版很明顯是女性的聲音，或許之前的白光是個男的？」

霍然斷然否定我的假想：「**他們**和人類不一樣，沒有男女的差別，可以說是雌雄同體，也可以說是單一性別。我和其他觀測員討論過，**他們**應該是想對基地裡的某個人說話。」

我和阿原博士不約而同看向將軍。這是最有可能的答案，畢竟將軍才剛和他們宣戰。訊息裡不也引用將軍說過的話嗎？人類的大步前進只會招來滅亡。

哪知霍然卻搖了搖頭：「我們將一般版和基地版做交叉比對，擷取出女性聲頻後重新組合字元，果然發現了隱藏訊息。」

訊息很短，沒有標點符號，但我們都看懂了。

核不要。

……不要？不要什麼呢？

我們請求諸位，不要抵抗。

原來「上帝」的最後一句話不只是對人類說的，也是對我說的，他們知道我是誰，請求我不要抵抗。

「……**他們**怎麼知道核在這裡？」將軍沉聲問。

我想到聚集在城堡外的守墓人，如果連守墓人都知道我在這裡，「上帝」知道了也不足為奇。

突然之間我感到十分可笑，被人類視為祕密武器的我，實際上早就被敵人掌握行蹤。

將軍似乎看穿我的想法，口氣冷峻：「你以為我們會這麼輕易讓你曝光？為了擾亂**他們**，我們派出許多人假裝是你的分身，安排這些人前往不同的地點。你每搞出一件事——弄壞街燈、到醫院救人……我們就得大費周章在其他地方製造類似的意外，好讓**他們**找不到你真正的藏身處。不，應該是說讓**他們**以為找到的分身就是你。」

難道將軍為了保護我做了許多我不知道的事？但……「那些守墓人是怎麼回事？」

阿原博士插過話道：「守墓人是一個組織龐大的環保組織。他們不知道真正的核在哪裡，只能推測你可能在的地方再派人前往抗議。守在你城堡外的守墓人只不過是一小撮人，還有其他守墓人守在別的地方，對著你的分身抗議。」

電光火石間，我想起安妮斯娜母女。對了，她們不知道我是核，以為我是何博士，但是艾斯醫生知道。「你們把艾斯醫生怎麼了？」我有一種不好的預感。

將軍說：「那個小醫生待在他應該待的地方。」

「你們到底把他怎麼了？」我不由得拉高音量，擔心事情朝我不願意的方向而去。

「我們以越級啟用充電站名義逮捕他。現在他被軟禁在基地裡單獨隔離，等事情過去後，就會派人放他出來。」

「你怎麼可以亂安罪名？將軍，你很清楚他沒有越級，是我幫了那些病人，不是他。」

「那你有更好的辦法嗎？」將軍臉色一沉：「為了收拾你的爛攤子，我有權這樣做。你應該慶幸你沒有對那個小女孩說破你的身分，否則……」他頓了一頓：「你自己知道會發生什麼事。」

「你——」

將軍無視我的怒氣，直接請霍然博士和阿原博士離開，又命令尚威進來。

「我派你的小隊二十四小時看著核，你仔細想想，基地裡是不是有內鬼？為什麼**他們**會知道核在這裡？」

當尚威了解事情的來龍去脈後，他堅持這些隊員都是他從太空防禦戰隊一路帶上來的，不可能洩漏我的行蹤。他很冷靜，逐步分析現在的局面：「反過來說，這就跟我們一直以來猜測的一樣，核就是『上帝』的弱點，他們才急著和核對話。同時這也表明了，**他們**還無法跟核直接溝通，所以選擇了這樣的方式。我們應該讓偵查員徹查所有和核接觸過的人、過濾通訊資訊。」

「那就拉高權限，啟動反偵測系統。」

此時此刻我已經不在意將軍下達什麼樣的指令。我的腦海中只盤旋著他們剛剛談到的內鬼，這讓我想到車諾局長。難道真被橋之門說中了，車諾局長只想和「上帝」和平共處？會不會是他把我的藏匿處透露給「上帝」？

「核？」

當我回過神後，尚威早就離開。將軍看著我，眼裡意味深長。「你在想什麼？」

「……沒有。」我不想妄加判斷一個人的好壞，更何況我沒有證據，那只是一閃而過的想法，連直覺也稱不上。

「看來我們之間缺乏互信的基礎，我知道你討厭我。」將軍很坦白。

其實，我不討厭他。但將軍性格強硬，甚至為了重啟核武器不惜犧牲部分人性命的作風，都是我無法苟同的。這樣一個人手裡拿著另一個閥開關，我無法信賴他像信賴不諳世事的斯維塔一樣。

「你知道什麼是英雄嗎？為了大眾的福祉，犧牲自己的性命，人類把他們叫做英雄。就像烏奇大戰紀念日，就是為了感謝前人的努力，才有現在的我們。我希望你知道，有時候犧牲是在所難免的。」

但英雄可以選擇成為英雄，那些需要充電的病人卻沒辦法選擇，他們是被迫犧牲的一群。可我知道固執的將軍絕不會接受我的說服，他向來以為自己的判斷是最正確的，也最不可忤逆。為免徒費口舌，我寧可直接換個話題：「我剛剛在想，『上帝』說會對新移民做素質測試，可是卻沒有說他們需要什麼樣的人。」

將軍顯然清楚我對他剛剛那番話不置可否，他看了我一眼，這次倒沒再說什麼。只順著我的問題開始解釋：「我們確實派專家學者研究過，到底**他們**是依照什麼標準將人送回來。原先，我們以為是性別和年齡。畢竟誰都不知道新居地是什麼樣的地方，一般來說，具有冒險犯難精神的年輕人會比小孩子或是老人家來得好。但後來又發現，送回來的人中有不少身強力壯的青年，反而是一些小孩子被送出去就沒有回來。所以我們又從血型、基因、性格重新推演，遺憾的是，到目前為止我們還沒摸索出**他們**篩選的標準，連共同點都找不到。」

難道「上帝」會同時接受一個懦弱的人和一個大膽的人嗎？我試著假裝我是「**他們**」，揣測他們對挑選新移民的想法，但很快就放棄了。「上帝」太神祕，我甚至不知道他們處心積慮奪取地球是為了什麼。再進一步想，既然「上帝」這麼強大，可以布下天網、消滅北極星，那麼就該有能力一口氣消滅地球，為什麼還要大費周章安排人類的去向呢？

將軍對我的疑問深深不以為然。「那是因為**他們**怕你。方舟計畫只是為了鬆懈我們的戒心，主要的目的還是把你找出來，然後再消滅我們。」

「你怎麼能肯定？」

「最明顯的證據就是我們不知道**他們**怎麼篩選新移民。如果**他們**真的打算幫人類移民，我們一定能歸納出篩選條件，不會連一丁點線索都找不到。講白點，方舟計畫根本就是一個大謊言、大笑話。」

「如果真的是這樣，安理會為什麼不阻止大家？」還讓大家滿懷希望，前仆後繼去送死？

將軍頭一次沉默了：「有時候，人類寧可吃下包著糖衣的毒藥，也不願意接受顯而易見的事實。」

Chapter 13

末日的到來

所有的事情都會有一個開始，不管是好的，還是壞的。

隨著一下子減少了百分之二十五的太陽光能，本就吃緊的太陽能產量更是雪上加霜，這幾乎將人類逼向絕望邊緣。首當其衝的竟是大家想都沒想過的防護罩。一開始防護罩的設計是用來阻隔有毒空氣、防止烏奇入侵，如今它卻因為缺乏足夠供電而逐漸開始龜裂。

人類在經過二〇二年的寧靜生活後，又掉入當初的夢魘——烏奇直接從裂口處衝了進來，不分白天黑夜大舉侵略人類社會。

巨大的蜘蛛、高大的野狼……那些在艱困的原始森林裡難以饜足的野獸們，像潮水一樣湧進城鎮，牠們露出尖銳的牙齒尋找獵物，破壞各種設施。除了烏奇外，無孔不入的毒空氣更是一個嚴重的問題，許多人不是死在烏奇的攻擊下，而是中毒而亡。

將軍和車諾局長怒目相向，一個認定工廠根本來不及製造足夠的 ESim，雷射激光是最快消滅烏奇的方法。一個堅持過量使用雷射激光，只會刺激烏奇快速進化成超級變異種，到時誰也救不了人類。

為了維持防護罩原有的厚度，安理會只好將居民遷往市中心，改以範圍較小的防護罩保護僅存的人類。就連我，也因此被將軍祕密移回基地。

但眼前這個較之前小一半規模的防護罩還能支撐多久呢？所有人都知道，下一個十五天很快就來臨，當太陽光越來越薄弱，人類能生存的空間也越來越緊縮。天上的數字在倒數，地面的威脅無所不在，人類還能去哪？

「哈哈！哈哈哈！結果我們不是死在『上帝』手裡，是被烏奇殺死的。」有人說。

「我累了，與其一直被烏奇追著跑，還不如讓『上帝』賞一個痛快。為什麼他們不趕快來清理地球！」有人說。

「跟我一起參加方舟計畫吧，那是最後一處美麗新世界了。」

「不管是烏奇還是『上帝』，他們都沒有趕走人類的權利。這裡是我的家，我、的、家！」

不同意見的異議分子爭吵不休，還有一些人不顧政府的禁令，倉皇搭乘自建的太空船逃離地球，一心盼望能在銀河系裡找到一個落腳處，即使他們連船會飛去哪裡都不知道。

恐懼驅使人類做出喪失理智的瘋狂舉動，死亡人數節節攀升，被烏奇、毒空氣殺死的，被「上帝」遣送回來的，自相殘殺的，還有自殺的。街道上一片狼籍，散了一地的殘磚碎瓦，勉強還矗立著的建築物被轟出一個個大窟窿，到處冒著白煙，這景象彷彿是世界末日提早到來。這樣殘破的模樣四處可見，這地方再也不是我剛出普羅米修斯之墓時見到的那樣，不再是那個電力有限但仍井然有序的世界。

所有的一切都在失控，就連氣候也跟人類作對。天空很低，將所剩不多的陽光遮蔽在厚重的烏雲後頭，轟隆作響的雷聲伴隨一閃而過的閃電，滂沱的大雨沿著防護罩的邊緣滑下來，就像是人類的哭泣。

最糟的是，連安理會中也分成好幾派主張，對於應該把剩下的電如何應用的決議莫衷一是。有的堅持分配給雷射激光，雖然雷射激光的耗電量太大，可偏偏現階段只有這種武器能擊退烏奇，替人類爭取喘息的生活空間。也有的堅持把殘存電力優先提供給防護罩，畢竟這是阻擋烏奇和毒空氣的最後一道防線，必須維持一定的厚度。還有對抗「上帝」，將軍表示沒有足夠的供電量，連一艘戰艦都升不起來，還怎麼作戰？

其實大家都知道，只要將軍鬆口，眼前所有的難題都能迎刃而解。只是將軍不肯押上最後的籌碼，我是他的賭注，賭「上帝」想方設法折磨人類，就是為了耗損我的能量。當我救的人越多，正面作戰那日來臨時，「上帝」的勝算也就越大。

霍然告訴我她已經做好準備：「不管別人怎麼樣，我會留在地球，直到最後一刻。」

「妳不害怕嗎？」我從窗戶前移開視線。今天雨一直下下停停，現在難得天晴，新移民爭先恐後登上前往方舟的太空船。雲層中透出稀薄的陽光，灑在霍然臉上。

霍然很平靜，引述〈詩篇〉二十三章四節。「我雖然行過死蔭的幽谷，也不怕遭害，因為你與我同在。」

我知道她話裡的「你」不是我、也不是「**他們**」，而是指真正的上帝。但我仍訝異她在這件事情上的反應，不像將軍或尚威帶著軍人的使命感，霍然給我的感覺是她完全接受即將到來的命運，不慌張、不害怕。這就是真正的信仰嗎？我正想開口問她，卻被衝進來的阿原博士打斷。

阿原博士看起來糟透了。兩個深深凹陷的黑眼眶，白色的研究服沾著幾塊咖啡印，下巴還冒著不少鬍渣，即使外表邋遢得不得了，仍掩不住臉上的興奮，一路跑、一路對我大聲嚷嚷：「我算出來了！核，我算出來了！我剛剛才取得將軍的同意！」

他完全沒留意霍然就在一旁。

「這是怎麼一回事？」

「霍然？是妳！老天，我剛沒看到妳在這兒。霍然，我們成功了！妳知道嗎？我們成功了！」

阿原博士開心到語無倫次，嘴裡不斷重複那幾句話。

「博士請你冷靜一點！你到底在說什麼？」霍然試圖讓阿原博士的情緒平靜下來，好好說清緣由，好一陣子後她才發現這根本無濟於事，博士顯然沉浸在他自己的世界裡。她向我投來詢問的眼神，但我還來不及回答就已經被博士拽著手腕拉走。

「沒時間了。橋之門！」阿原博士對正往這裡跑的橋之門喊了一聲：「你給霍然解釋一下，我先帶核上去。」

「霍然，」在被阿原博士推出門前，我叫了她：「妳要記得永遠都有希望。」

我在阿原博士的引導下，搭乘高速電梯來到基地的最頂端。我不需要安全面罩來阻隔毒空氣，所以進電梯前博士只給了我一副微型通訊器，讓我嵌在耳朵裡。

「核，我們能看到你了。」我聽到尚威的聲音從通訊器傳來。「你準備好了嗎？」

我點點頭。頭上的防護罩緩緩打開，一陣強風順勢吹了進來，本來要滴在我身上的大雨被吹成一道道斜線，劃過眼前。我伸出手，以為自己可以撥開厚重的雲，但事實上什麼也沒碰著，雲層離我還有一段距離。

「下一道閃電會在十三秒鐘後開始。」尚威停了一下：「倒數計時，十、九、八、七……」

我聽著他倒數，仰頭看向還有些遠的天空。第一次發現天空真的很大，而我其實很渺小。我能成功嗎？阿原博士經過一連串複雜的能量轉換計算，他相信我可以做到。

五、四、三、二、一！

一道閃電閃過灰濛濛的天空。

我知道雷聲就要來了。

我知道我正騰空升起。

我的感官達到前所未有的清晰。我看進白光裡，那裡頭站著一個身影。

我知道那是誰，我就要看到他是誰……

——是我。

我就是那道閃電，那道光。雷電所產生的電荷源源不絕朝我湧來，在我體內不斷暴漲，我的身體成了雷電的蓄電室，飢渴地吸取大自然的力量。我本能地吸收它們、吐出它們，將電能發送到各地的發電廠。隨著我指尖迸射的能量，大地翻起一道道地滾雷，烏奇在逃竄，發出野獸受到驚嚇時的低嚎。牠們試圖躲避閃電和大火的攻擊，不過地上的維安部隊也早就做好準備，剛充飽電的雷射激光架在每一個缺口上，一陣掃射。

我從沒這麼舒暢過。能量還在湧入，但不夠、還不夠！我還可以吸收更多的能量！我仰起頭，張開雙臂，暴雨像瀑布一樣打在臉上，狂風捲起我的身子，將我越帶越高。遠方的閃電正要落下，我伸手將它接了過來。

閃電在空中形成一個扭曲的姿態，那不該是它落下的方向，但我改變了它。

我是這個世界最高的避雷針，吸引所有閃電朝我而來，耀眼的天空刺得讓人睜不開眼睛。

「你做到了！他媽的，你真的做到了！核，你聽，大家在為你歡呼！」

呼嘯的風聲中我聽到震耳欲聾的鼓掌聲、吼叫聲，尚威激動地將喇叭開到最大音量。

這就是阿原博士的計畫。基於我過往熔合同伴的經驗，那是否意味著我本身就是一個巨大的能量載體？既然如此，那麼我一定也能吸收雷電，將它們引介到供電設備上。在這多雨的夏季，這是個不容錯過的好機會。

緊繃多日的心情鬆了些，我體驗到一個叫做「輕快」的詞彙，此時此刻的我終於不再是人類眼中的惡魔。我正打算開口說些什麼，突然間眼前閃過一些片段畫面，我禁不住一愣：

核不要！

不要抵抗。核，不要抵抗。

是「上帝」。

在最接近天際的地方，我看見他們的警告。

尚威的聲音還沒褪去，所有人都沉浸在興奮裡。但閃電帶來的光芒卻像是賣火柴小女孩手中的最後一根火柴棒，一片片暗沉沉的烏雲開始聚攏在一起，掩住殘存的微光。

雨漸漸停了，天色還暗著，遠方的雷聲仍隆隆作響，那聲響卻比剛才小了很多，像是被蒙頭蓋住般沉悶悶的。閃電就像耗盡的電池一樣，一閃而逝，來不及捕捉就消逝在空中。

我知道這是「上帝」的傑作，再一次，他們又以天網阻斷人類活下來的機會。

待我反應過來後，一股說不上來的憤怒油然而生，在人類這麼努力求生的時候，憑什麼你們大筆一揮就要決定人類的生死。「人類不是你們的棋子。」我知道不用我開口，**他們**也能探測到我發出的訊息。就如同剛剛的警告不是出現在實質的眼前，而是我腦海裡一樣。

人類是啊。

彷彿能看見**他們**的微笑，十分有耐性，好像我才是無理取鬧吵著要糖吃的小孩。

「人類不是！」我脫口而出，聲音大到在耳邊嗡嗡作響。

耳機那端安靜下來。「核，你怎麼了？」尚威問。

人類本該照著我們的安排行事。

「人類可以決定自己的路。」我開口，說得很慢。尚威屏著呼吸沒有插嘴，他知道我不是在跟他說話。

人類太自以為是。核，跟我來，你才會認識真正的他們。

「或許，你們應該先認識真正的我。」

我的左手食指指尖射出一束亮光，劃開黑暗。

核，沒用的。你不可能只靠幾道閃電就打開天網——

眼前的畫面急速跳動，「上帝」的話戛然而止。

我的右手食指指尖連接上核能功率放大器，閃電引出的能量正在倍增。

我是能量的主宰，操控閃電的去向，直衝天際。

我聽不到聲音，聽不到呼嘯的風、聽不到尚威的擔心。只看見一道道閃電像火龍一樣盤旋在天空，吞噬著天網，也被天網吞噬著。

不知道過了多久，我發現我全身溼透了，雨勢一下大一下小，卻一點也不冷。

我沐浴在久違的陽光下，每一滴雨珠都折射出美麗的色彩。

「霍然，」我曉得她一定在耳機那頭。「妳看到了嗎？是彩虹。」

Chapter 14
奮戰的可能

一出高速電梯，阿原博士就給了我一個結實的擁抱。所有地勤人員都站了起來，鄭重地向我行了一個軍禮。

看著他們整齊劃一的動作，一臉崇敬的神情，突然之間我不知道該做什麼、眼光要擺哪裡。兩百年了，兩百年來人類害怕我防備我辱罵我，還有謝謝我。

我想起那一年我向 C'est la vie 道別後，普羅米修斯小組的組長親自將我送進普羅米修斯之墓。他關心我住的地方是否舒適，他協助我向聯合國安理會爭取來一套音響、一架鋼琴和小提琴，他說他代表全體人類向我道謝，地球即將邁向無核世界，一切將美好而單純。而這些轉變僅僅是因為我——我的離開就是這個世界最好的禮物。

他感謝我的犧牲，可是不敢看我。

當他將大門從外頭鎖上時，我沒感到不對勁。畢竟打從我有意識以來，我已經做好準備，一切本該如此，這就是我最終的歸屬。

一直到有天我正嘗試著替鋼琴調音，卻怎麼也沒辦法像書上教的教程調出正確的音色時，我停了下來。那可能是一閃而過，人類稱為靈感的浮光掠影，卻像當頭棒喝般令我明白許多事。即使我和組長一起工作了許多年，內疚加上恐懼卻讓他無法好好跟我道別。

然後我想起很多很多次人類的道謝，他們的臉孔在我的記憶裡翻飛，每一幅表情都那麼鮮明，我漸漸讀懂他們的眼神，其實感謝可以是懷抱著恐懼。

而現在，這麼多軍人向我說謝謝。他們不像斯維塔，斯維塔不知道我是核所以不怕，但這些人知道，可眼前的每一個人仍然坦然無畏，臉上帶著油然而生的敬重。那樣的感謝讓我一下子無所適從起來，我想了想，這種感覺很棒。

「和人類站在同一陣線，感覺怎麼樣？」阿原博士問，語氣十分興奮。

「很棒。」我由衷說。

「我愛死你剛才那句話了——人類可以決定自己的路。」就如我猜測的，霍然果然也在場。她的笑容就像剛才那場太陽雨中的彩虹，讓人充滿了希望。只是在笑容過後，她有些擔心地用手指著自己的腦袋：「**他們**現在能直接跟你溝通？」

「我不知道。」我聳聳肩。「剛剛在高空上，我覺得我能看見**他們**對我講話，不是真的看見**他們**。而是**他們**想講的話會變成一排字，出現在我腦海裡。但現在那種感覺消失了。不知道**他們**是拒絕回應我，還是怎麼了。」

「晚一點我們再研究這件事。」阿原博士指著螢幕：「現在我們來看點精彩的。」

所有地勤人員早在我們三人交談時又回了座，每個人緊盯自己面前的螢幕，十指舞動，在空中飛快按鍵、對電腦不斷下達指令。

全屏螢幕上出現一個光滑的球體，這是「上帝」的戰艦。

「發射倒數：五、四、三、二、一！發射！」

一聲轟然巨響，漫天飛舞的紅光，在黑暗的宇宙裡像是一道絢麗的煙火，一艘戰艦就這麼沒了。

原來，這就是將軍真正的計畫——摧毀天網、同時發動攻擊。

將軍認為，沒有人知道「上帝」需要多少時間修補天網。但戰爭講究的是分秒必爭，既然已經取得足夠的雷電能量，所有的設備、武器也都充飽了電，那就該乘勝追擊，不能讓「上帝」有喘息的機會。就算失敗了，人類還有一條退路——動用最終的核武器。

將軍果真是個出色的軍人。按照尚威的說法，「上帝」簡直像被打矇了一樣。當「上帝」總算反應過來，已經過了七分五十三秒，在不到八分鐘的時間裡，他們損失了九艘戰艦。

或許九艘戰艦不是一個了不得的數字，畢竟還有百來艘的戰艦環伺在旁，虎視眈眈。不過這次的奇襲無疑給人類打了一劑強心針，即使是無所不能的「上帝」也不能罔顧人類的意志，人類仍然有奮戰到最後一刻的可能。

天網的崩裂似乎帶給**他們**很大的打擊，地球漸漸地恢復往日生機，人類加緊貯藏太陽能，再以這些太陽能反擊「上帝」。霍然推測可能是因為太陽系裡找不到修補天網的材質，**他們**得從六個化外之外的地方運材料。將軍同意霍然的說法，他下令各地趕在敵人將天網修補好前，必須將「儲存太陽能」列為最高優先，好趁這個機會一鼓作氣驅逐「上帝」。

可戰爭從來不可能一帆風順，既然開戰了總互有傷亡。每天都有受傷的太空戰鬥員被送回地球，人類雖然無法突破**他們**的防禦網，但**他們**也無法越過我們重新加強的太空防禦系統。我暗自慶幸，或許不用依靠核能量，人類自己就能贏得這場戰爭。

我想起我曾鼓勵安妮斯娜，不要擔心世界末日，她一定可以一直陪著斯維塔。很有趣不是嗎？我感覺這是很久以前的事了，仔細算算其實也不過兩個月。或許，我應該約霍然和橋之門一起再去看看斯維塔。還有艾斯醫生，我衷心希望戰爭能趕緊結束，將他釋放出來。

「霍然呢？」音樂太吵了，我幾乎得用吼的。「她自己叫我過來，怎麼沒見到她？」

現在大夥兒幾乎都以基地為家了。似乎漸漸成了默契，白日裡每個人各有各的任務，到了晚上誰要是有空，便相約到酒吧坐一坐、聊聊天。今天選的酒吧就是上回橋之門帶我和車諾局長來的那間，倒不是因為這裡的酒特別好喝，而是因為它就在基地裡，萬一發生任何突發狀況，大家可以盡快趕回工作崗位。

阿原博士難得喝多了，竟然打了一個酒嗝：「霍——霍然去洗手間，去洗手間。」他帥氣地擺了擺手，差點打到我。「去洗手間了。」

「那橋之門呢？我很久沒看到他了。」我連忙抓住阿原博士的手，在他耳邊大聲說。

「誰？橋之門啊？」阿原博士陡然兩眼放光，像是才剛看到我：「霍然去很久了。她去洗手間。」

看著一個醉醺醺的人語無倫次，卻一點自覺也沒有，我也只能跟著他的節奏重複那幾句：「我知道。」「好，我等她回來。」「好，我知道。」

只是糾纏了十分鐘，霍然還是不見蹤影，我不禁有些擔心。

「霍然還沒有回來！」

「是嗎？」阿原博士站起來，有些搖搖晃晃：「我、我去找她。」

我嘆了一口氣，將阿原博士壓回座位：「博士你坐著就好，我去找她。」我向守在不遠處的尚威點頭招呼，請他先看著博士，這才朝女廁走去。

或許是因為戰爭帶來的緊張，也可能是連日來的壓力，夜晚的酒吧成了所有人的情緒出口，大家狂歡、跳舞、唱歌，醉得一塌糊塗。我開始懷疑會不會連霍然也喝醉了，躲在洗手間裡大吐特吐。

多虧我有一張跟現代人相比起來柔和許多的臉孔，從女廁裡走出來的女軍官與站在門口的我擦身而過，沒多看我一眼。女廁很乾淨也很安靜，並沒有一點嘔吐難聞的味道。

「霍然妳在裡面嗎？是我。」

我先在補妝間等了一會，才往裡頭的洗手檯走去。除了疑似沒有關緊的水龍頭發出滴嗒滴嗒的水聲，這裡沒半個人。真糟糕，霍然該不會醉得睡著了吧？

「霍然？妳還好嗎？」

我把水龍頭關緊，開始一間一間敲門。當我敲到第三間的門時，我才陡然感覺到不對勁。為什麼會這麼安靜？如果霍然喝醉了倒在裡面，呼吸聲應該很沉重才對。太安靜了。沒有人出來，也沒有人走進來。

我猛地轉頭，只來得及瞥見一個黑影子，接著便什麼也看不見了。有人用黑布罩套住我的頭，對我一陣拳打腳踢。我跌跌撞撞倒在地上，想要試圖站起來，卻被人從膝蓋窩重重一踢，又跪了回去。

「不要！」

我似乎聽到霍然的尖叫聲。出於下意識，我仰高了頭。即使我看不到，但我知道天花板上有電燈，我可以利用電力攻擊——

碰！

對方一把箝住我的後頸，直接往牆上猛地撞去，然後我什麼也感覺不到了。

Chapter 15

噩夢的迴圈

當我醒來的時候，意識還很模糊，只覺得四面八方都是聲音。不像酒吧裡人聲沸騰那種，而是嗡嗡聲、窸窣聲、鳥叫聲，似乎還有一種低頻的、不知名的聲響，斷斷續續地振動著。

好一會兒我才想起來發生了什麼。

第一個念頭是——霍然呢？霍然在哪裡？

我記得自己被打昏前聽到霍然的尖叫，那表示當時她的確在洗手間裡，可當我喊她時她卻不敢出聲……霍然一定出事了。

所以，我現在在哪裡？

我環顧四周，房間不大，大約五百公分乘以五百公分的正方形空間，一張簡單的木床、一個小木桌、一把木椅。一面牆上嵌著透氣窗，窗戶沒有關緊，足以讓外頭的空氣進來，但要再推開一些也不行，看來有人從窗戶外頭塞了防止窗戶滑動的木條。

我摸了摸牆壁，木頭紋理有些粗糙，天花板上的燈泡發出昏黃的燈光。我不禁有種錯覺，彷彿來到老電影裡的場景——一群人在山裡迷了路，躲在避難小屋聽著外面的暴風雪，焦慮與不安的氣息讓夜晚幽深莫名。

一陣腳步聲由遠而近，停在門口。兩個男人的對話聲響起。

「他醒了嗎？」

「我聽到他起來走動的聲音。」守衛低聲說。

「開門。」

「首領，還是我先替他上手銬？他現在醒了，可能很危險。」

「不需要。這裡沒什麼電力設備，他能操弄的能量很少。」

男人的聲音很明朗，也很熟悉。我怔住了，是他！但為什麼……？

我滿心疑惑，聽著外面金屬鑰匙碰撞、轉動的聲音，門開了，帶進外頭明亮的光。

車諾局長站在門口對我微笑。

可我笑不出來。事實上我又驚又怒，不敢相信前不久還坐在一起喝酒聊天的人，為什麼會突然變成綁架我的暴力分子。「他剛叫你首領？」

車諾點點頭，並沒有試圖隱瞞的意思：「我是守墓人的首領。很高興以這樣的身分重新認識你。」

聽到這樣的回答並沒讓我心裡覺得好過一些。「謝了。既然我從來沒有真正認識過你，也就談不上『重新』認識。」

車諾對我的針鋒相對不以為忤，他甚至很有耐心地跟我對話：「那也不妨從現在開始認識。一直以來大家都以為守墓人和生態保護局是不同的組織，從沒人將兩者聯想在一塊兒。其實守墓人和生態保護局都源於以前的普羅米修斯小組，目的就是要保護生態、禁用核能。差別不過是一明一暗，一個以官方的資源推動，一個是透過民間力量的施壓。」

我忍不住嗤之以鼻：「原來你說什麼要去跟守墓人好好協調、不要擴大衝突，都不過是幌子。你就直說吧，為什麼要抓我？」

「你不是一直想知道怎樣的決定才對人類最好嗎？我只是想讓你看些東西，好幫助你做決定。很可惜傑佛瑞把你保護得太好了，竟然派尚威寸步不離守著你，讓我們很難找到機會帶你離開。」

我想起橋之門曾邀車諾和我們一起喝酒，當時我的確說過我很猶豫該不該幫人類。但那是當時，不是現在。

車諾孌不在乎地笑了笑，臉上的疤痕跟著一跳：「話說回來，尚威可不是個容易親近的傢伙，我得洩漏些你的小祕密，才能讓他鬆懈下來，把我當朋友。」

我恍然大悟：「怪不得尚威會知道我有一套音響，原來是你告訴他的。」當年的普羅米修斯小組組長協助我爭取來一套音響、一架鋼琴和一把小提琴，這只是個小小的插曲，公開的官方文件上沒有任何記載，我還以為尚威是從阿原博士那兒聽來的。仔細想想，阿原博士來接我時，根本沒進琴室，他壓根就不知道我有一套音響。只有普羅米修斯小組的內部資料，才會記錄這個小插曲。

車諾帶我穿過幾條短廊，一直朝屋外走去。我以為他會讓守衛跟著我，可他沒有。他只說了一句話就讓我不敢輕舉妄動。「我們本來的計畫是抓到你就走。但霍然博士反抗得太激烈，為免再驚動其他人，我們不得不請她一起過來了。」

「你想讓我看什麼？」聽見霍然也在這裡，我再沒辦法維持強硬的態度，語氣不由自主一弱。

「核，基地將你保護得太好了，你該看看真正的世界。」

我們來到屋外，屋前的空地停著幾輛樣式新穎的吉普車。空地外是一大片叢林，高聳的巨木、濃密的樹蔭、潮溼的植被，原來我剛聽到的窸窣聲、鳥叫聲就是從這裡傳出來的。而那斷斷續續的振動聲，其實是一隻隻巨大的烏奇蜻蜓，彷彿空中有什麼看不見的東西阻止牠們往前飛，正不斷用翅膀撞擊同一個方向。

「這裡是生態保護局設的觀測站，用來觀察地貌、採集動植物標本。為了觀測員安全，每個觀測站都有一座小型防護罩，好把烏奇擋在外面。」

這些蜻蜓讓我想起那隻在普羅米修斯之墓對我們窮追猛打的大螞蟻。眼前的蜻蜓有五六十隻之多，每隻蜻蜓的身長大約是一個成年男人張開雙臂的長度，只見牠們像無頭蒼蠅一樣到處亂撞，彷彿後面有什麼東西在追趕牠們一樣。

「這些是超級變異種。」

我對昆蟲一點也不了解，在我看來，超級變異種跟以前的烏奇沒什麼兩樣，同樣大得不可思議。

「以前的烏奇蜻蜓沒這麼大，最大的也不過一百公分左右。那還是斯維塔的——」他倏地收口，轉而解釋：「幾天前，我們觀察到烏奇再次進化，就是你現在看到的超級變異種。」

「等等！你認識斯維塔？」我很訝異。他怎麼會認識那個孩子？

「斯維塔是一個很可愛的孩子，那孩子出生時我還去探望過，沒想到一下子就長這麼大了。」

眼看繞不開這話題，車諾局長終於道：「她的父親是一個很傑出的昆蟲學專家，一生有許多成就，其中之一就是發現了世界上最大的烏奇蜻蜓。」

安妮斯娜曾經提過她先生在生態保護局工作，在森林採集標本時被烏奇攻擊，連屍體都沒找到。是了，我早該想到車諾局長身為生態保護局的最高長官，理應認識安妮斯娜一家人。

車諾局長沒有繼續話舊的打算，他接著又說：「不只蜻蜓，所有的烏奇都在進化。速度比我預期的快很多。傳統的 Esim 和雷射激光幾乎已對牠們產生不了效用，目前唯一能做的只有靠加厚的防護罩將牠們擋在外面。你看著。」

這次從屋裡出來兩個人，全副武裝的戰鬥服，各自揹著一把雷射槍。他們分別站立在車諾的左右兩側，無聲地朝車諾點了點頭，在得到車諾同樣的點頭回應後，其中一個人不知按了什麼按鍵，防護罩忽然裂開一條縫隙，縫隙旁的一隻蜻蜓趁機鑽了進來。

當其他蜻蜓正想如法炮製，防護罩已經以迅雷不及掩耳速度又闔了起來，只見一隻衝得最快的蜻蜓一頭撞上防護罩，發出一聲巨響。至於那隻飛進來的蜻蜓直向我們撲來，就在牠距離車諾只有不到十公尺的距離時，左邊穿著戰鬥服的人舉起雷射槍，對準蜻蜓射去一陣激光。

蜻蜓拍打翅膀的聲音更大了，激光卻絲毫起不了作用，只在牠的翅膀上燒出一個小小的孔洞，冒出一些白煙。眼看那隻蜻蜓就要撞上車諾，另一個人連忙一陣掃射。兩把火力強大的雷射激光槍，卻足足花了五分鐘才把蜻蜓擊退。是的，僅僅只是擊退。

「為什麼會這樣？」我失聲問。

「我早警告過傑佛瑞，過多的雷射激光只會加速烏奇變異。結果看看他做了什麼？要求你破壞天網、要求你為所有武器充電、要求你攻擊烏奇……他自己才是破壞地球的元凶，不斷製造地球根本沒辦法負擔的汙染！」

傑佛瑞是將軍的本名。突然之間我懂了車諾的意思。烏奇看似被消滅了，但我卻在帶來能量的同時創造出無法被消滅的超級變異種。於是，人類依賴更多的雷射激光消滅超級變異種，更多的雷射激光等於需要更多的能量，更多的能量加速拖垮地球。然後，超級變異種之後可能是超超級變異種、超超超級變異種。這就像一個無限迴圈，你以為你已經跳出可怕的噩夢，其實只是掉入了另一個噩夢。

「你是說……我害了人類？」真的嗎？我害了人類？基地裡的軍人向我致敬，斯維塔對我說謝謝，我只想——我只想幫助人類而已。

車諾沒有回答我，他只是安靜將目光投向防護罩外的蜻蜓，他彷彿知曉即將發生的事卻三緘其口，寧願我親眼去看看。幾分鐘後，半空中突然出現了一條細細長長的絲線，接著就像小孩子過生日時玩的拉炮，輕輕一拉蹦出許多彩帶來一樣，滿天的絲線慢慢遮住了大半視線。

那些絲線輕輕飄落在蜻蜓身上。奇怪的是，明明那些絲線看起來十分柔軟脆弱，蜻蜓卻怎麼也掙脫不開；有些蜻蜓甚至因為太用力掙扎，兩邊的翅膀就這樣被硬生生扯斷，殘存的節肢無處著力，巨大的身軀轟的一聲重重砸上地，只能在泥土裡拚命蠕動，再也飛不起來。我閉起眼睛，不忍心再看下去。

車諾發現了。他淡淡說：「等會兒大蜘蛛就來了。這就是自然生態，蜻蜓補捉飛蟲為食，蜘蛛又吐絲吃掉蜻蜓，這一切本是大自然的規律。核，你太像人，有時候太像人不是一件好事。」

「什麼意思？」我突然想起守墓人對我的謾罵，說我是自以為是人的噁心變種。

「你以為你很了解人類，以為了解人類就等於了解全世界。你錯了，核，這個世界太大了，人類只是這個世界的一小部分。你太像人反而讓你失去應有的判斷力。我早警告過安理會，不能讓傑佛瑞肆意妄為。現在倒好，他一個人的錯卻要整個地球來承擔！」

他的話很刺耳，說得好像將軍一點貢獻也沒有、彷彿放我出來的決定是一個天大的錯誤。確實，烏奇再進化出乎我意料之外，但這也是兩相權衡下較輕微的後果不是嗎？當時的情況如此嚴峻，要不是引來足夠的雷電，人類根本撐不到今天。

「核，你到現在還沒弄懂我們要的是什麼。蜘蛛吃掉蜻蜓，蜻蜓吃掉飛蟲，大自然就是這樣運作的。不用人類出手消滅烏奇，每種烏奇之間都有自己的天敵，讓牠們之間的數量維持著一種巧妙的平衡。黑格爾說過：『人類從歷史學到的唯一教訓，就是人類從沒有從歷史汲取任何教訓。』」

他不理會我的臉色很難看，又繼續說：「如今的情況也是這樣，人類總是因為恐懼就想把烏奇通通消滅掉，結果反而導致牠們不斷進化，越來越難對付。從古至今，人類只會破壞生態平衡，把自己的錯推給別人。其實，人類才是最不該留在地球上的生物。」

車諾的眼睛散發出奇異的光芒，他說得很快、很激動。我沒辦法想像怎麼會有人說出這樣的話來。換句話說，激進的守墓人對自己有極高的道德標準，他們對人類失望了，認定人類的自我滅絕才是回饋大自然最好的方式。我的出現等於破壞了他們的期待。「『上帝』一心一意想要清理地球，你們和**他們**是一夥的？」

「我們和『上帝』？」車諾盯著我，突然間大笑了起來。「我們只想有尊嚴地接受死亡，而不是死在一個該死的核汙染的世界。」

自認為沒有活下去的資格，也要一併剝奪別人活下去的權利。我感到一陣心寒。「你們的想法太激進了，不是所有人的想法都跟你們一樣。斯維塔還這麼小，難道你忍心讓她跟著你們去死？」

「如今這個世界只會有兩種結果。第一種，」車諾伸出一根手指頭，「『上帝』清理地球，斯維塔會死。」他又伸出第二根手指頭，「第二種，人類打敗『上帝』，留下一個核汙染的未來世界。你覺得哪一種比較好？」

「不管怎麼樣，你們沒有權利決定別人的生死。」

「那傑佛瑞呢？他就有權決定一個人該不該活著？」

車諾露出意味深長的一笑。我知道他指的是安妮斯娜的充電心臟，他想激怒我，好讓我跟他站在同一陣線。

「聽著，我不想介入你跟他之間的鬥爭，那是你們倆的事。我只想提醒你，當初測試核能功率放大器時你也在場，你明知道只要妥善利用核能源，我根本就不會造成任何核汙染。」

「你保證？」他冷冷一笑：「好，假設人類打敗『上帝』、地球很幸運地沒有發生核汙染，你想過戰爭結束後，你會去哪嗎？」

車諾突然話鋒一轉，問得我摸不著頭緒。

「回普羅米修斯之墓？還是——淪為傑佛瑞的打手？」

「你是什麼意思？」

「阿原博士是個只想活下去的懦夫，傑佛瑞卻是個野心家。你別忘了，他手上還有控制閥。」

「沒有我的允許，就算他有控制閥也沒用。」

車諾看著我，帶著一絲我不懂的情緒。好像是憐憫，又好像是嘆息：「你不是已經答應他保衛地球了嗎？」

他喚來剛剛那兩個拿著雷射槍的人，要他們送我回房。

「車諾，」我走了兩三步，又回頭喊他：「你覺得將軍在以正義之名行使邪惡之事。那你呢？你的正義就能代表全人類的正義嗎？」

Chapter 16

狂熱的領袖

車諾說將軍是個野心家，當他控制著我，就等於將全世界置於他的威脅下，想怎麼做都行。可是車諾自己又好到哪裡去？如果將守墓人比喻成一個教派，他就是狂熱的宗教領袖，煽動大家相信——死亡就是最好的一條路。

將軍說，為了大部分人的生存，犧牲少數人是應該的，那些被犧牲掉的叫英雄。

車諾說，人類只是大自然的一分子，沒理由為了保護一小撮人而破壞整個生態。只有除掉人類這顆毒瘤，地球才有救。

而我一心一意想幫助人類，又真的能幫到他們嗎？

看看這些日子裡我都做了什麼？我以為克制自己、盡可能不用自身的核能量，就能避免傷害脆弱的人類。但雷電消滅了烏奇，卻讓殘存的烏奇再進化；會不會我破壞天網，其實也只是讓「上帝」帶來更強大的武器對付人類？

每個人都說他們的答案最正確，可他們告訴我的又是這麼地片面。為什麼人類這麼複雜，我開始分不清楚誰是對的、誰是錯的。

在這禁閉的空間裡，我彷彿回到普羅米修斯之墓。不同的是，我再也無法同之前一樣平靜。即使當初被關在城堡裡，也從沒像現在這樣焦慮過。

不，在城堡時我是猶豫的、謹慎的：總得百分之百確認人類只剩核武器這條路，我才肯釋放能量。而現在，我總算跟人類並肩作戰了，但我的決定卻像是一層薄冰，看似無比堅硬，其實輕輕一敲就會裂開。

我知道車諾不會逼我做什麼。事實上他只想把我藏起來，只要將軍找不到我，「上帝」消滅地球指日可待。而我也因為霍然被關在這裡，不敢輕舉妄動。我甚至懷疑車諾是因為發現我太在乎斯維塔，特意換了一批人守在門口。

新來的守衛們年紀都很輕，滿臉稚氣未脫的模樣，我在他們眼裡看見對車諾的絕對崇拜。我不敢開口問他們的年齡，但他們每張臉龐都讓我想到斯維塔。車諾知道我的弱點，我不只擔心人類被感染，我更在意像斯維塔那樣的年輕孩子受到核汙染——就因如此，我絕不會為了逃跑選擇釋放身上的核能量。

有一次，他突如其來放我出來，要我隨著眾人一起到飯堂吃飯。車諾想藉這個行為證明什麼呢？是因為我對他說，他跟將軍沒什麼兩樣，所以他才要證明給我看，他所行的一切都是正義的嗎？

守墓人的飯堂裡擺著八張長桌，每張桌子可以坐六個人，我估計這個觀測站裡至少住了四十個人。只要我一出現，所有人總是自動讓出位子。不是因為車諾的命令，也不是因為他們怕我，我看得出來，他們只是不想和我坐在一起。

我拿著托盤，穿過眾人充滿戒備的視線，來到最邊緣的一張桌子。當我迎向他們的目光時，所有人連忙避開視線。可總有些人閃避不及，我讀出眼神中的涵意：厭惡。

我想我能明白他們不喜歡我，雖然那種感覺並不是太舒服。倒是我在飯堂遇到了霍然。她很坦然，逕自招呼我跟她一起落座，還將她面前的啤酒推來與我分享。霍然的手上戴著看似輕薄的黑色金屬環，兩隻腳上也有。據她表示，這些金屬環不會干擾她的行動，只會記錄位置軌跡、監測脈搏心跳；一旦察覺她有逃跑意圖，金屬環除了會伸出探針直接將麻醉劑注射進靜脈，同時也會自動加壓重量，讓她想跑也跑不了。

她說這是二二三〇年給受刑人用的感應式手銬腳鐐，沒想過有天她竟然會戴上它。

「核，你一定要想辦法離開這兒。」霍然隨意翻著盤中的食物，她的音量壓得很低。即使沒有人跟我們同桌，她還是不敢掉以輕心。

我苦笑。「我看過了，這裡基本上就是大一點的小木屋，電力設施不足，我能操弄的電能太少了。」

霍然一怔，挑弄義大利麵的手稍微頓了一下。大概是怕引起別人注意，她掩飾性地放下叉子，拿起杯子喝了一口水。「你不要管我會不會被你汙染，你自己逃出去就是了。」

她說得有些急促，言下之意十分清楚明白，但我斷然拒絕了這個提議。「我怎麼可能不管妳。」

「聽我說，外面還需要你，你不能一直待在這裡。」

「霍然……」眾目睽睽下，我不能告訴霍然，除了她以外，我還擔心那些年輕的守衛。

「總之你一定要走！」霍然沒有提高聲音，但語氣無比堅決。說完後她又拿起叉子，若無其事地繼續用餐，彷彿她剛才說的不過是今天天氣不錯一般無關緊要的閒聊罷了。

兩個守衛在霍然用完餐後，立刻上前示意她站起來，悄無聲息帶她離開。我們都不知道下一次什麼時候能再見面。而她留給我的最後一句話，依然堅持我該自行逃跑。我一口氣喝光霍然留給我的黑啤酒。啤酒的味道很苦，就跟我現在的心情一樣。

那是我唯一一次在守墓人的營地見到霍然。我知道他們刻意錯開了我們兩個用餐的時間，而我並不那麼需要食物。與其每次吃飯都受到其他人輕蔑地對待，到最後我乾脆放棄這個可以暫離房間的機會。我想讓自己更平靜些，想知道自己該怎麼做。可一次又一次，我只能透過隔音不太好的牆壁，聽到從走廊傳來的廣播。我猜那應該是地下電台，永遠都是車諾的聲音，談論氣候的變遷、大自然的反噬、人類的自私與墮落，每一次的結語都是犧牲與成全的重要。彷彿是場神祕的宗教儀式，靜靜地聆聽，持續地洗腦。

見過霍然後的第五個夜晚，我躺在床上。四周十分安靜，天花板上的燈泡已經熄滅，但我仍能感受些微的電流竄過電路板。

這個世界充滿了許多聲音，下雨的聲音、車子輾過地面的聲音、戰艦升空的聲音……，但我最喜歡的是這種人耳聽不到的低頻嘶嘶聲，偶爾迸出一兩聲清脆的滋嘶，像是小火花在跳舞。那是屬於能量間的流動，讓我安心。

突然，嘶嘶聲停了。

我側耳傾聽外面的動靜。外面仍然安靜，守衛似乎沒察覺有什麼不對勁。但沒有嘶嘶聲就代表沒有電能流動，這麼說是因為外面的燈還亮著，所以守衛沒發現嗎？

在我還疑惑時，嘶嘶聲又響起了，彷彿剛剛的沉寂只是我的幻覺。

「核？」

我猛地從床上坐起。房門微微打開，從外頭透進一些亮光，一個龐大的黑色影子籠罩住我。

「尚威中士？」

「你果然在這裡！」黑色影子向我靠近，逐漸露出清晰的輪廓，果然是尚威。

我又驚又喜，伸手接下尚威遞來的裝備，他用手勢示意我將扣鎖與安全繫帶穿好。「霍然也在這裡，你有找到她嗎？」

「我已經派了一組人去找她。我們沒辦法阻隔監視螢幕的訊號太久，時間不多，邊走邊說。」

尚威將我護在身後，小跑步穿過走廊。一路上我們經過七、八個倒在地上的守衛，他們全都中了尚威的麻醉槍，據說藥效還能撐半小時。

半小時應該綽綽有餘了。我們才剛踏出屋外，尚威立即收到隊員從耳機裡傳來的報告，他們已經找到霍然，雙方約定直接在外頭的空地會合。

「我們搭直升機走。」尚威貓著高大的身子，帶我躲到幾個木箱子的後頭，他小心翼翼透過箱子間的空隙觀察四周環境。「這附近的路全被守墓人設了觀測哨，要是開車進來很容易被發現。等等我的人會阻斷防護罩，直升機不方便降落，你一看到繩索降下來，就把身上安全繫帶的扣鎖和繩索上的扣環扣住，扣好後上頭的人會吊你們上去。」他一邊說一邊示範如何操作扣鎖。

扣鎖沒有我想像中的困難，我很快掌握到技巧。「你們怎麼找到我們的？」

「這次能找到你，多虧了斯維塔。」

「斯維塔？」我訝異了，停下手中的動作。

「是啊。」尚威露出難得的笑容：「你一定想不到那個小女孩幫了我們多大的忙。你和霍然博士失蹤後，我們派了很多人找你們。但怎麼都沒想到車諾局長竟然是守墓人的首領。」

「那是怎麼發現的？」

「橋之門那小子總是嬉皮笑臉的，看起來不怎麼可靠，但這次幸好有他在。有一天他跑去看斯維塔，電視正好在重播烏奇大戰紀念典禮，主播介紹到 ESim 的發明人。結果斯維塔開始鬧脾氣，說霍然阿姨不去看她、你也不去看她，連車諾伯伯都不來了。他越想越覺得奇怪，問了安妮斯娜後才知道車諾是她先生以前的上司。這次聽說她住院，還特意過來關心她們母女。我查了醫院的探病紀錄。發現車諾每次都在我們離開後才去看安妮斯娜。我懷疑他不是想探望安妮斯娜，而是想藉機探聽你的消息。」

「他是生態保護局局長，我以為他早就知道阿原博士把我從普羅米修斯之墓接出來。」

「將軍將你的事列為最高機密。車諾雖然知道有這個計畫，但怎麼執行、你出來後會去哪裡，他完全沒有頭緒。我猜他幾次探望安妮斯娜也沒能得到更有用的訊息，最後不得已之下，只好利用守墓人向安理會施壓，要求將生態保護局列為核能功率放大器測試計畫監督人。事實上他真正目的就是為了完全掌握你的行蹤、趁機接近你。」

尚威說得很含蓄，但我懂他話中的意思。我雖然救了安妮斯娜，卻也造成了大規模的斷電。雖然將軍把斷電宣稱為意外，但車諾可能早就留意到了。他三不五時去探望安妮斯娜，只是想確認斯維塔口中的超人何博士是不是核。

車諾局長遠比我想的還有心機。那麼將軍呢？我不禁想起車諾對他的評語。

「霍然博士出來了！」

尚威直起身子，朝護送霍然的隊員打個手勢，幾個人相互點了點頭。他們就近找了掩護點，和我們遙遙相對。「直升機三分鐘後到。」尚威低聲說。

月光下的霍然臉色很蒼白，走起路來有些踉蹌，不時朝四周打量，最後終於對上我的視線。我看見她鬆了一口氣的表情，很是欣慰。

還有三分鐘，一切顯得那麼寧靜。

遠遠地，屋裡傳出紛亂的腳步聲，有人大聲嚷嚷：「快出去看看！」

我緊張地看著尚威。他已經換成備戰姿態，將麻醉槍握在手上。

幾個人從屋裡衝出來，又猛地停在門口。我想他們也發現了，這裡異常的安靜。

「車子都還在。」我聽見其中一人說。

「他們逃走了嗎？」另一個人問。

「他們還沒走遠，一定還在這裡。」是車諾的聲音。

「首領，可是——」

「噓！」車諾厲聲說：「你們聽。」

直升機來了，螺旋槳發出規律的振幅。

黑色的直升機隱沒在黑夜裡，只有月光灑出一圈輪廓。

車諾帶著眾人衝向垂降下來的繩索，試圖攔住我們。但尚威顯然早有準備，他一邊催我跟上，一邊給迎面而來的壯漢一個右勾拳。眼看從屋裡出來的人越來越多，尚威朝車諾射出一劑麻醉針，車諾反應很快，馬上一個側身堪堪閃過。失準的麻醉針打中了後面的一個男人，只聽他悶叫一聲後，身子軟軟倒在地上。

尚威和他的隊員背對背圍成一圈，將我和霍然護在中心。誰要敢上前一步，他們要不就迎頭痛擊，要不就直接給對方一劑麻醉針。有幾個身手矯健的年輕人趁機想衝上前來，卻被打得鼻青臉腫、踉踉蹌蹌退到一旁。守墓人畢竟不是訓練有素的軍人，他們的身手沒有尚威帶來的隊員好。

我瞥見一個守衛悄悄拿起雷射槍對準了尚威。「小心！」我伸出掌心，擋在尚威面前。當我正準備吸取即將發出的雷射激光能量時，車諾竟出聲喝止了手下：「把槍放下！」

「首領？可是——」

「把槍放下！」車諾隔著人群定定看著我。

我迎著車諾的視線，慢慢放下手。

「快！」尚威低聲說：「防護罩不能開太久，一會兒烏奇就會衝進來了，那些人擋不住牠們的。」即使守墓人一直逼近我們，尚威並沒有置他們於死地的打算。

我想起車諾的警告。「車諾說這裡的烏奇已經進化成超級變異種。」

「超級變異種？」

「你不知道嗎？烏奇開始進化了，一把雷射槍早已對付不了牠們。」

尚威皺了皺眉頭：「我們回去再說。你先上！」他拉過繩索，確認我的扣鎖拴緊後，對著對講機下令：「預備，上！」

繩索開始向上捲起。在我之後是霍然，然後是其他隊員，最後是尚威。

「核——」我聽見車諾大聲叫我，可是當我往下望時，他卻什麼也沒說。什麼也沒說，但那眼神、那神情，我看得出他對我很失望。

你會後悔的……

我彷彿聽見他在這麼說，輕輕地，像嘆息。

我不會後悔的。我在心底告訴自己，守墓人太激進了，沒必要全部的人跟著你的理想一起陪葬。

一切會很順利的，一切——

陡然間，不知從哪裡吹來一陣大風，直升機承受不住風力，開始劇烈晃動起來。我們在半空中被風吹得搖搖晃晃。霍然懸掛在我腳下大約十公尺處，她忍不住發出尖叫。風太強了，機上人員無法控制繩索的方向，我看見霍然被風吹得一頭撞向了一個隊員。幸好對方是個訓練有素的軍人，立刻張開隻手將她結結實實抱在懷裡。但繫住兩人的兩條繩索卻轉了幾轉，緊緊交纏打結。情況似乎很糟糕，眼看著他們越想解開，繩索卻糾纏得越緊。

「你們不要動！等我上來。」尚威在下方喊。

「隊長，防護罩要關了。」在我左側的光頭隊員插聲說話，語氣很緊張。

「想辦法讓核先上去。」尚威命令。

我們得趕在防護罩關閉前，離開觀測站上空。可那風卻愈颳愈大，十分不尋常。

電光火石間，我突然閃過一個可怕的念頭：「這不是風。這是超級變異——」

啪啪！啪啪！

打開的防護罩像一塊可口的蛋糕，吸引著一大片烏雲狀的蝙蝠湧進來，原來剛剛颳起的颶風就是蝙蝠帶起的氣流。那不是普通的蝙蝠，堪比三歲孩童大小的身軀，長著尖銳的嚙齒、突出的胸骨、倒鉤的爪趾，聚成黑鴉鴉的盤旋氣流，每一隻都爭先恐後向下俯衝。

蝙蝠來得又急又快，細碎的絨毛擦過我的臉，我甚至還能聞到牠們身上腥羶的味道。我根本無法睜開眼睛，只能在半空中不斷揮舞雙手、雙腳亂踢，企圖趕走衝過來的蝙蝠。但不管我躲到哪個方向，總是有蝙蝠狠狠撞在身上。

「他媽的——！」

我聽到一聲怒罵，緊接著是淒厲的慘叫。當我好不容易睜開眼睛，在我面前是一張血肉模糊的臉，光頭隊員的頭軟軟歪在一旁，他的右手臂已經不見了。身上爬滿吸血蝙蝠，正在撕開他的肉大口啃噬著。

我朝兩旁望去，眼前說是一片腥風血海也不為過。我看見有些人只剩下半截身子，失去生命跡象的面孔凍結在最後驚駭的神情，胸腹間零碎殘破，本該安放在在人體內的腸子墜了出來飄盪在半空中，汩汩血珠流洩成一條條血河；還有的人整個頭顱不見了，而掛在繩索上的身體猶一顫一顫抽動，彷彿還沒從剛剛的斷頭痛楚中回復過來。

到處都是血，飛噴的血雨濺灑大地。底下的人慌張地跑來跑去，屋裡的人連忙把門關上，想把蝙蝠擋在屋外；來不及躲避的人只能拚命敲打木頭門，哀求屋裡人趕緊開門，就盼這樣做能為自己敲出一條生路來。

但蝙蝠實在太多、太多了，瘋狂的敲門聲中木頭門依舊紋風不動。眼看一隻隻黑色的蝙蝠開始堆疊在人身上，漸漸地，只看見半個身體……半截脖子……半隻手，到最後除了一整片蠕動的黑，什麼也看不到。

「換槍！」在一片驚怖中，只有尚威還能保持冷靜、指揮若定。倖存的隊員們連忙依從尚威指示換上雷射槍，對準四面八方的蝙蝠開始一陣掃射。

可這些不是普通的烏奇，雷射激光一時之間根本奈何不了牠們，一道道攻擊反而激得牠們異常暴怒，原本朝地上人們奔襲而去的蝙蝠紛紛轉過頭來對付我們，甚至開始啃咬拴住我們的繩子。

「霍然——」一片混亂中沒聽到霍然的聲音，讓我很擔心她。我緊緊抓住扣在腰間的繩索控制方向，目光極力逡巡四處找尋著。終於，在一片蝙蝠烏雲中，好不容易才找到剛剛和霍然糾纏在一起的隊員，就跟我隔著幾尺的平行距離。他只剩下半張臉、一隻腳，卻依然用整個身子護住霍然，手上緊緊握著雷射槍，不讓蝙蝠越雷池一步。

「我沒事。」霍然的聲音從那隊員的懷抱裡冒出來，我似乎看見淚水在她眼眶中打轉。顫抖的聲音讓我聽出她其實很害怕，卻強壓著恐懼。

「直升機的引擎被撞壞一半了。現在只剩下一具還能運作，我們得趕快上去。」尚威控制繩索，來到我身邊，適時朝我身後開了一槍，勉強逼開正要攻擊我的烏奇蝙蝠後退一步。

「我們走了，底下那些人怎麼辦——」我突然感到身子一輕，整個人瞬間往下掉落。

幸虧尚威眼明手快，一把撈住失去繩索吊掛的我。「不要再說了，待會兒防護罩關起來，蝙蝠就不會再進去了。」

「給我十秒鐘再關防護罩，我先消滅烏奇。」我急急說，身子卻猛地一頓。抬頭一瞧，上面的直升機在空中傾斜成幾近垂直的角度，隨時都有掉下去的可能。

尚威瞪著我，眉宇間盡是隱忍的怒氣。

但我不管，只堅持我該堅持的：「要不是我們打開防護罩，烏奇根本不會進來，也不會有這麼多人死掉。你讓我除掉烏奇再走！」

「你——」尚威咬著牙向對講機下令：「十秒以後關防護罩！現在快將我們拉上去！」

繩索登時以飛快速度將我和尚威往上拉升。

你會後悔的……

很奇怪，在這樣危急的時刻，我竟然想起車諾剛剛失望的眼神。對不起，我只是想幫助人類，但為什麼這麼多人會死掉……

我將掌心對準底下的蝙蝠。在這樣的高度下，加上防護罩保護，我有把握殺死烏奇，卻不會讓底下的人類受到核汙染。

但——

「霍然！」

霍然仍在我腳下約莫十公尺處，但保護霍然的隊員已經死了，他們兩人的繩索還纏在一起。雖然她拚命想分開繩索，卻該死的卻怎麼也分不開。交纏的繩索卡住了絞盤上的輪軸，直升機根本沒辦法將她拉起來。我看到她在底下的身影越來越小、離我越來越遠，我的手忍不住發抖。

她聽見我的呼喊，竟抬頭對我微微一笑。「核，快點！」

「我、我……」妳會死啊！我在心裡吶喊。會死得很慘很慘！可是我說不出來。我在哆嗦，但什麼也說不出來。

「核，你可以的。」霍然又笑了，她不再拉扯繩索，臉上表情十分平靜，我看得出她已經放棄掙扎。「你記不記得我說過什麼？我雖然行過死蔭的幽谷，也不怕遭害。」

也不怕遭害，因為你與我同在。

我緩緩舉起手，第一次有了想要哭泣的感覺。

烏塔爾——我放棄我的孩子，來保護你們……

蝙蝠發出尖銳的聲音，紛紛跌落地面。有些甚至還來不及落地，瞬間燒成一灘血水。烏雲慢慢散開，我看見霍然扭曲的臉。

她的鼻子在剝落，像潮溼的泥巴一樣，受到地心引力影響，啪嗒啪嗒往下掉。

她美麗的灰藍色眼睛，只剩下兩個黑洞。

她暴露在空氣中的肌膚，正急速潰爛。

她已經不是我認識的那個霍然了，七孔都在流血。

對不起……霍然，對不起。

Chapter 17

死蔭的幽谷

你一定要想辦法出去。

你可以的。

核——

霍然死了。是我殺死她的。只要一閉上眼睛，我就看到她那張在高溫下熔化的臉。我知道她不怪我，可是我沒辦法原諒我自己。

一九八六年的車諾比核災不是人類歷史上的第一個核事件，卻是第一個被評為第七級的特大事故，也是我第一個認識的核災。

我看過當年的資料，有政府後來公開解密的，有民間自行蒐集的，還有許多紀錄片。最多的是黑白螢幕裡，一個個頭很大、身體很小的小孩蜷縮在醫護人員身上，他們根本不知道發生什麼事，有些還對鏡頭露出潔白的牙齒。我還看過一個身體長了三隻手的嬰孩標本、沒有大腦的頭顱泡在福馬林裡。

很多很多的影像、很多很多的控訴和訪談。可我從來沒有親身體驗過，沒看過一個活生生的人，在我眼前啪嗒啪嗒剝落。

我的腦子一片空白。聽不見尚威喊我，看不見直升機帶我去哪裡，只是這樣一直坐著。我不知道該怎麼表達現在的情緒，從來沒有人教過我這些。

我的孩子，我的同伴。當你們熔入我時，我能感受到你們帶來的能量在我體內跳動。我的精神是飽滿的，我知道你們和我在一起。

但霍然不是啊——我找不到妳了。我的人類朋友，我的體內沒有她，她說過的話卻像一首輕柔的低喃，〈D大調卡農與吉格〉不斷在我腦裡重播：

我雖然行過死蔭的幽谷，也不怕遭害，因為你與我同在……

「核……？」直升機剛降落，橋之門遲疑了一會才喊我。「你哭了。」

霍然妳騙我——妳根本就不在。

Chapter 18

霍然的禮物

「我要見將軍。」

「我來就是要接你去見將軍。」橋之門頓了一頓，眼裡帶著濃濃的哀傷：「……我聽說霍然博士死了。」

我僵硬地點點頭，試著想安慰他，偏偏張大了嘴卻不知道說什麼。尚威中士帶了十三個隊員出任務，只有三個活著回來。每一個都傷得很重，直升機一降落馬上被救護車接走。尚威的左手掌沒了，右側大腿骨嚴重挫傷。大家拚了命救我，而我開始懷疑這樣做是否值得？

我和橋之門走過基地的長廊，一路上他什麼也沒說，只安安靜靜陪在我身旁。當悲傷太巨大，沉默是最好的緬懷。最後，我們停在將軍辦公室門口，他在我進去前輕聲說：「核，不要想太多。」

我進去時，將軍正在講電話。他沒避諱我的意思，只以眼神示意我坐下，斷斷續續嗯了幾聲，偶爾加上幾句指示。

我注意到他用左手撐著額頭，不斷以大拇指摩挲太陽穴。他的腰桿還是跟以前一樣挺直，下巴卻冒出一些鬍渣，眼底布滿猩紅的血絲。

「我知道了，就這樣吧。」最後他說。

將軍掛掉電話，朝我點點頭，聲音有些沙啞：「你來了。」

「霍然死了。」這是我唯一想到的一件事。

「我聽說了。我很遺憾。」

他神情莊重，語氣肅穆，標準的就像是那天在烏奇大戰紀念典禮上侃侃而談，可我感覺不到他口中的遺憾。「為什麼你能這麼冷靜？」即使他和霍然不熟，那尚威他們呢？那些都是他以前在太空防御戰隊時的部下，總有一些袍澤之情吧，他怎能一副公事公辦、打官腔的語氣說著什麼我很遺憾之類的空話？

「衝動於事無補。只有記取教訓，好好計劃下一步，才不會再有遺憾。」

「好好計劃下一步？」我冷哼一聲：「我能問你一件事嗎？」

「你說。」

「戰爭結束後，你會送我回普羅米修斯之墓嗎？」

將軍沒有馬上回答我。他把身子向後一靠貼著椅背，雙手擱在兩旁的把手上，交叉握在胸前。方才的疲態已經不見了，他看我的眼神一如以往犀利，甚至帶著幾分端詳的味道。

「戰爭結束了，人類雖然贏得勝利，可惜所有的設備早已破壞殆盡。嗯，讓我想想看，想要讓一切盡快恢復原狀，興建核電廠似乎是一個不錯的辦法。而你，閣的控制人，你掌握了最重要的核能源——等於掌握了所有，權力、軍隊、資源——」

「核！」

我靜靜看著將軍。我知道他最終會承認的，他打斷我不就是因為我說中他的心事嗎？

過了很久，將軍總算說了一句話：「你不要孩子氣。」

我挑起眉心，不敢相信他竟然指責我孩子氣。車諾是對的，我會因為任何對人類好的理由留下來，全心依託將軍，即使他野心勃勃。「車諾說你是個野心家。我一直希望他是錯的，現在看來錯的是我。」

聽見車諾的名字，他的眉心不易察覺一皺。「核，你太單純了。人類的世界沒有你想像的簡單，絕不是非黑即白。」

「我只希望我不是滿足你野心的一顆棋子。」我不客氣說。

將軍猛地伸出手，青筋畢露，我感到他要拍桌子，卻硬生生收住，隱忍地吸了一口氣。「我沒時間跟你吵架。核能功率放大器被潛伏在基地裡的守墓人破壞了，至少還要一個星期才能修好。這幾天你不在，我們仗打得很辛苦。核，不管你對我有什麼不滿，讓我們先打完這場仗再說。」

我該想到的。以車諾的深謀遠慮，為了阻止將軍，不可能只有將我藏起來，一定還有其他安排。現在核能功率放大器暫時失效，人類對付**他們**就少了一點勝算，這一切都在車諾的計算之中。

見我沉默，將軍將一個四四方方、包裝漂亮的物品推到我面前。我看了一眼，上面附著一張卡片，漂亮的字跡寫的是我的名字。「我派人整理霍然的遺物，準備送回給她的家人。這是她留給你的。」

聽見是霍然留給我的，我忙不迭拆開來看。卡片被封得很好，但我才不在乎將軍有沒有先檢查過。

對我來說，霍然的字跡很陌生。在這個科技至上的年代裡，幾乎沒什麼人動筆寫字了。但霍然本身就是一個特別的女性，我還記得她不像其他人習慣閱讀電子書，隨身總是帶著一本紙本書籍。或許，她也很喜歡拿筆寫字的感覺吧。

霍然在卡片裡寫道——

核：

那天看見你救了安妮斯娜，我就曉得人類在這場戰役裡一定會贏得最終的勝利。當下我便決定送你一本書。

但要送你什麼書呢？聽橋之門說，你被將軍關在城堡時他曾探望過你。他看見你有滿櫃子的書，還笑說這輩子他還沒看過這麼多書呢，他很懷疑你是否都看完了。橋之門這麼一說，讓我更苦惱了。會不會我即將送你的書，其實你早就看過了？

最後我決定送你一本我最喜歡的書。親愛的核，不要笑我身為一個科學家為什麼送你這本書。事實上，科學的無限延伸，不也是一場帶有哲學意涵的美麗旅程嗎？

霍然

我拆開精美的包裝紙，一看到書名我就笑了，這是一本《聖經》。我記得我們從普羅米修斯之墓回基地的路上，她一直在看書，那時我還不知道她在看什麼，後來才知道是《聖經》。這是一本嶄新的《聖經》，柔軟的小羊皮，燙金的花體字，打開的扉頁上霍然寫著：

一沙一世界
一花一天堂

期盼在戰爭結束後的某一天，或許是一百年後、或許是兩百年後，當你翻翻它時，還能想起很久以前你曾有一個人類朋友。

這是十八世紀英國詩人威廉・布萊克的作品，原詩是這樣的：

一沙一世界，一花一天堂，掌中握無限，剎那即永恆。*

* To see a world in a gran of sand, and a heaven in a wild flower. Hold infinity in a palm of your hand, an eternity in an hour. —— by William Blake (1757-1827)

我摩挲著上頭的字跡，久久不能自已。好一會兒才嘆了一口氣，輕輕闔上書：「我同意先把這場仗打完再說。」

將軍露出探究的眼神，目光落在《聖經》上卻沒有說話，只點了點頭。

這算是某種形式的相互妥協吧。為了霍然。

一從辦公室出來，橋之門便迫不及待迎上來，他發現我手上拿著東西。「這是什麼？」

「霍然送我的。她本來打算打完仗後再給我，但沒想到……」我的聲音低了下去。「對不起，」我瞥見橋之門閃過一絲陰霾，顯然他心中也不好過，當下決定換個話題。「尚威中士的傷怎麼樣了？阿原博士還好嗎？」

「我聽說他們會幫中士裝上義肢。放心吧，」橋之門鼓勵我：「現在的醫療技術很發達，義肢就跟真正的手一樣靈活。倒是博士，這幾天他一直責怪自己，說那晚要是他跟你一起進去洗手間找霍然，你們就不會出事，也不會有後來的事了。」

「那不是博士的錯。車諾早就想綁架我，就算不是那個晚上，遲早也會是其他時候。」我不願意再討論這話題，那會讓我想到無辜被牽連的霍然。「不過，真的謝謝你。尚威告訴我，要不是你和斯維塔，他們不可能這麼快找到我們。」

「哎，那沒什麼。」橋之門隨意揮了揮手，看了我一眼，遲疑了一下說：「倒是我有件事想跟你談。」

「很急嗎？」我看著牆上的時間，下午六點多，如果現在去看斯維塔，她應該還沒睡。「我想去看看斯維塔。你有辦法讓我出去嗎？」

「現在？」橋之門望向時鐘，馬上了解我的顧慮。

或許是因為尚威說那孩子見不到我和霍然，一直在鬧脾氣。也或許是斯維塔是第一個對我敞開心胸的小女孩，我總覺得放不下她。但除了這些原因外，我想我有責任代替霍然去看看斯維塔。或許這麼小的孩子還不能理解霍然阿姨為什麼不能再來看她了，但我不希望她一直等待下去，等待一個永遠沒辦法實現的夢。

只是我還沒想好該怎麼跟斯維塔說。一路上我很沉默，而橋之門十分體貼，他替我申請來一組人護送我去看斯維塔。如今尚威受著傷無法再執勤，橋之門小心翼翼守著我，沒有了處事鎮定的霍然後，橋之門似乎更成熟了，他沉著地調度人手，不再提起剛剛想跟我談些什麼。

安妮斯娜已經回家休養，我們一行人的車子直接往她家開去。由於安妮斯娜是破獲車諾真正身分的重要關係人，將軍也派了一組人保護她們母女倆。

下車前，橋之門好意提醒：「我們為了查出你被帶去哪兒，只好找安妮斯娜幫忙。現在她已經知道你是誰了，不過斯維塔還不知道。你曉得我的意思吧？」

那就表示在斯維塔面前，我還是何博士。

結果我估算錯小斯維塔的睡覺時間了。安妮斯娜說這孩子今天玩得太累，早早洗過澡上床就寢。既然孩子已經睡著，總不能再把她叫起來。不愧是當媽媽的人，安妮斯娜很快幫我想到一個好主意。

「要是我跟她說你來過了，卻沒叫她起來，她一定會哭。」安妮斯娜笑著遞給我一張畫紙：「你隨便畫點什麼給斯維塔，我拿著哄哄她就不哭了。」

畫畫？我接下畫紙，開始傷腦筋。一方面是因為我不會畫畫，一方面是我不知道畫什麼才好。想了很久，我總算畫下第一筆，動作笨拙。

幸好，我畫得不是太差，因為橋之門噗哧一聲笑了出來。「這是阿拉丁神燈嗎？」

「是啊，她上次送我一張阿拉丁神燈，我就畫神燈精靈來看她。」我專注地上色，一邊回答橋之門。

「我真不知道那個孩子怎麼會有那麼多稀奇古怪的想法，每畫一張畫，就跟我說一個故事。」安妮斯娜端來兩杯茶，順勢在一旁坐下。「她啊，跟她爸爸很像，古靈精怪的。」

我聽得出她話裡的懷念，她一定很想念過世的先生吧。「安妮斯娜，謝謝妳。如果不是妳的幫忙，我不可能這麼快逃出來。」我誠摯說。

她微微一笑，笑容和藹：「不要這麼說，是你救了我一命。我只是沒想到你就是大家討論的那個核。」

「大家？」我看向橋之門。橋之門聳聳肩，顯然也不明白安妮斯娜的意思。

「我跟我先生結婚後，才知道他是守墓人。以前的守墓人比較單純一點，很像是一個大家庭。我先生過世時，他們幫了我很多忙。不過後來我發現這個組織越來越偏激，一心相信人類滅絕是最好的出路，我開始擔心萬一我死了，斯維塔該怎麼辦。」

「所以妳才想送斯維塔參加方舟計畫？」那時我就覺得奇怪，明明斯維塔還這麼小，為什麼安妮斯娜想把自己的女兒送進一個未知的太空，而不是選擇留在地球，原來是這樣。

安妮斯娜點點頭。「我刻意減少跟守墓人的往來，後來也很少聯繫。那時候車諾首領突然到醫院探望我時，我也很驚訝。」她看著我剛上好色的畫：「畫得很好啊。斯維塔看到了，一定很喜歡。」

我笑了笑：「我也希望她會喜歡。」我畫了一個大大的神燈，燈肚裡面是一個笑得很溫柔的女人牽著一個綁著兩只小辮子的小女孩。

「這個女人是？」安妮斯娜問。

「霍然博士。」我坐直身子，感到身旁的橋之門跟著一僵。他應該跟我一樣緊張，不知道要怎麼告訴安妮斯娜。「請妳轉告斯維塔，就說我跟霍然阿姨來看她。」我頓了一頓：「嗯，霍然阿姨現在是天上的天使，只要斯維塔想她，霍然阿姨就會到斯維塔的夢裡找她玩。」

「霍然博士……過世了？發生什麼事？」因為太震驚，安妮斯娜的雙手不自覺緊緊握著，眼神既不解又不敢相信。

「她……」斯維塔有著一雙和安妮斯娜一模一樣的眼睛。在安妮斯娜的注視下，我無法坦白霍然是怎麼死的。那會讓我覺得像在跟斯維塔說話，我不忍心。

「總之，」橋之門突然站起來，向安妮斯娜微微欠身：「就麻煩妳跟斯維塔轉達。我們還有事要先走了，下次再來看她。」

回去的路上，我和橋之門沉默地走在空曠的大街上，月光將我們的影子拖得老長。這是一個難得沒有「上帝」、沒有戰爭的夜晚。

「謝謝你。」過了很久，我才開口。

「沒什麼。」橋之門兩隻手插在牛仔褲後袋，一邊踢著路邊的小石子，一邊說。「核，你喜歡霍然博士？」

「喜歡？」我偏了偏頭，不懂橋之門的意思。「我當然喜歡她，她很聰明。」

「這麼說吧，」他停下來，與我面對面：「你跟霍然博士之間是愛情嗎？」

「愛情？為什麼你會這麼問？」

「我發現她死了對你的打擊很大。」橋之門躊躇了一下才答道。

人類將感情分為很多種：愛情、友情、親情。我不知道我對霍然屬於哪一種。「如果今天死的是你，或是阿原博士、或是尚威，我都會很難過。這樣就叫愛情嗎？」

「是嗎？」橋之門嘆了一口氣，像是自言自語：「如果是就好了。」

「如果是是什麼——」

我正想問他是什麼意思，卻被一連串突然響起急促的滴滴聲打斷。我們不約而同抬頭看向天空，遠方現出幾條黑長影子，一艘艘戰艦拖出細長的白煙，沖天遠去。

「走，趕快回基地！」我當機立斷說。

我們都知道，「上帝」來了。

Chapter 19

最後的審判

距離「上帝」清理地球，倒數第二十三天。

我直接被送上外太空，成為人類最前端也是最堅實的防線。

這回的離開很是倉促，我甚至沒來得及跟橋之門好好道別。臨別前他幾次欲言又止，眼裡有我讀不懂的情緒，我知道他還惦記著想跟我說上回那件事。在一片震耳欲聾的戰艦引擎聲中，我只能用高分貝的音量大吼：「我們回來再談吧。」

以地球為中心點，地球戰隊由裡向外布下三道防線。因為核能功率放大器還沒修好，將軍派給我一艘全自動單人飛行器。現在的我置身於離地球最遠、離「上帝」最近的位置，距離我最近的地球戰艦至少還有五百公里。

這必然是一場持久戰，大家只能在每一次的攻擊間尋找休息的空隙。不同的是人類士兵有休息輪替的時間，可我沒有。每當戰事一停，我就得抓緊機會為地球艦隊補充核能量。少了核能功率放大器的幫忙，讓充電過程變得相當費時。

偶爾，我會翻翻霍然送的書。其實霍然猜錯了，雖然我有許多書，唯獨沒有《聖經》。可能是因為科學家信仰的是試管和物理現象，與宗教相去太遠，也就沒有哪個人建議我讀《聖經》。

但或許正因為我不是人，《聖經》對我來說更像是一個個小故事，不必探究其中的背景，隨意打開其中一頁就能讀起。此時我翻到的是〈啟示錄〉二十章十一節之十五。

我又看見一個白色的大寶座和那坐在上面的；天和地都從他面前逃避，再也找不到它們的位置了。我又看見死了的人，無論大小，都站在寶座前。案卷都展開了，並另有一卷展開，就是生命冊。死了的人都憑著這些案卷所記載的，照他們所行的受審判。於是海交出其中的死人，死亡和陰間也交出其中的死人；他們都照各人所行的受審判。死亡和陰間也被扔進火湖裡，這火湖就是第二次的死。凡名字沒有記在生命冊上的人，就被扔進火湖裡。

這段話讓我想到米開朗基羅的畫作《最後的審判》。

那一年我跟著普羅米修斯小組到南歐執行任務，離開前我們去了梵蒂岡，在西斯汀禮拜堂膜拜中世紀大師的傑作。我還記得那是幅非常巨大的壁畫，迎面而來的震撼令同行的組員久久不能踏出一步。我似乎可以了解霍然為什麼說，科學的無限延伸是一場帶有哲學意涵的美麗旅程。

震懾於壁畫的肅穆，禮拜堂裡特別安靜。我仰頭看著聖光中的耶穌，耶穌的手永恆地舉在高空中，下界的凡人們敬畏地看著祂，等待祂手指揮動之際，決定最後的審判——善者上天堂，惡者下地獄。

偶爾，我也會從狹窄的座艙裡看向窗外浩瀚的宇宙，遙遠的地方有一顆被人類稱之為家的星球。在地球和宇宙之間，這道美麗的銀河讓人百看不厭，我常看著看著便失了神。尚威形容得真好，在這黑如瀚海的天幕之中，蔚藍的地球像一顆珍貴的寶石，暈出柔和的光澤。眼前的一切彷彿一幅靜物畫，定格在最美的角度，折射出深淺不一的深藍色旋渦。直到下一次尖銳的警鈴響起，我才又猛然回神。

有時候我會想，地面的人類看得到現在正發生在他們頭頂上的戰爭嗎？這麼遠的距離下，會不會以為剛剛閃過的紅光只是一顆流星劃過天際的痕跡？

流星，多美。人類說，在流星隕落前趕緊許願，願望就會成真。

但這些不是流星，是人類犧牲的血跡，是激烈的領土保衛戰。我站在飛行器的前翼，迎向猛烈的炮火，一道道襲來的激光翻滾如浪，像奔騰的千軍萬馬，怒吼狂嘯。我展開雙臂，閉上眼睛，感覺著充沛的能量在我體內洶湧欲出，我知道它們就要來了……就要……

來了！

我赫然睜眼，目光如炬。「上帝」的攻擊在我面前生生停住，再也前進不了半分。八十艘地球戰艦集結成一彎半弧，像銳利的鐮刀，跟在我身後等著收割勝利的果實。

「上帝」的白光愈發熾熱，數十艘地球戰艦像著了火般，爆出星雲狀的氣體。我催動身上的能量，試圖將所有地球戰艦覆在我的保護下。

遠方的太陽折射出刺眼的光芒，像是一盞聚光燈。聚光燈底下的我們，寂靜、肅穆，跳著黑色布景上的雙人舞，每一步前進都是對方的後退，好似一雙纏綿的翦影。在一次次的貼近裡，接近溫柔的低喃：「核不要。不要抵抗。」

然而，我們總是在乍然的休止符後，激烈的碰撞，再不死不休地互相廝殺。

我曾問過阿原博士，既然我到了外太空，這裡有取之不盡的能源供我吸收，我能像上次汲取雷電一樣，將這些能量化為己用嗎？阿原博士卻說理論上或許可行，實際上卻不可能。人類從兩百年前就已經禁用核能量，沒人再對核熔合做進一步研究。即使我的身體是能量的熔合器，但還是有一定的承受量，超過負荷將會引來大爆炸。「如果我有更多時間，我就能改善你目前的缺失。」當時他是這麼說的。

既然不可能吸收更多宇宙能量，那就在我耗盡自己體內的能量前打贏這場戰爭吧。

我瞥見一點微光閃過，明滅不定。我知道那是一個好機會，「上帝」的漏洞。我伸出手，一道電流從指尖穿透而出，指向「上帝」之光。

轟！

戰艦的殘片向四面八方激射而出，其中一片殘片朝我飛射過來，我輕輕側過頭，殘片貼著我的臉頰飛過，掉落在黑暗裡。我不禁想，「上帝」也有生命嗎？當他們擊落地球戰艦時，無疑是在摧毀一條條人類的生命。可我現在做的，是不是也跟「上帝」一樣，傷害他們的族人、毀掉寶貴的生命？

當我意識到自己是人類的救星，同時也是屠殺「上帝」的劊子手時，我才發現這場戰役是一場華麗但無聲的流星雨，像滑落的眼淚。

如果許願真能成真，那麼我希望和平早日到來。

上帝，祢聽到了嗎？

我希望……

驀地，眼前的一片黑暗中散出璀璨的白色光芒，它是如此明亮照耀我的四周，我被白光籠罩一時睜不開眼睛，只感覺到自己被一股突如其來的巨大能量推得向後踉蹌幾步，幾乎支持不住站姿。

這是我第一次受到這麼強烈的攻擊。我緊閉雙眼、連忙聚起體內的能量，預備朝前反擊。

不要抵抗，核，跟我來——

這一回，「上帝」的宣告真真切切在我眼前迴盪。就像是一張溫柔的網，堅定又有力地箝住我的四肢，讓我再也動彈不得。

Chapter 20

人類的歸處

我不知道「上帝」是怎麼做到的。就在一個恍惚中，我已置身在一個奇異的空間裡，周邊是一股無法言喻的色澤，像水般輕輕掠過我。它們沒有形狀、沒有質量，甚至連一陣煙也談不上。但只要我一動，它們也跟著流轉開來；我一停下，它們便成了一環美麗的彩帶，靜靜地圍在我的四周。

我很希望這只是「上帝」製造的幻覺，可我知道不是，因為我突然感受不到原本在體內流竄的能量了。那是種說不上來的體驗，不是能量被壓抑了，也不是被釋放了，而是單純的空蕩蕩。就像是我從未經歷過我的同伴們，恍若回到初始的狀態，得以承載，得以被接受。

流動的顏色停了，紅色的、藍色的、紫色的、黃色的……各種顏色慢慢褪去，漸漸顯出晶瑩的白，像水晶一樣。

我終於站在「上帝」面前。

我不激動，也不恐懼，如同我知道這一刻終究會來臨一樣。

而我看到的一切，就像霍然曾說過的，除了白以外，你不知道該怎麼形容這團剛凝聚起的光芒。沒有五官、沒有四肢，充其量只是在跟一個顏色說話。但顏色畢竟不是生物，你會覺得自己像個自言自語的傻瓜，站在沒有人觀賞的舞台上自娛。

「核，你很有趣。」白光開口了，竟還帶著笑聲。「你自己就是能量的化身，為什麼還這麼在意外表？」

「你讀得到我的想法？」不知道是因為太自大，還是覺得勝算在握，他的笑聲顯得那麼不設防。我想引他多說些話，伺機找出弱點。

「我們能感受到腦波、聲波，甚至你走動時的振幅。只是為了配合人類，我們才開口說話。」我發現當他說話時，白色光芒會呈現不規律的流動。彷彿在配合他說話的語氣，當他口氣平穩時，流動的幅度就小了點，一旦他笑起來，白光也會隨著他的笑聲開始劇烈擺動。

「但我們曾在腦海裡對話過。」

「其實，利用腦波溝通這件事一點都不困難。不過人類還無法好好掌握當中的技巧，大多時候只能被動地接收我們的訊息，只有在極特殊的狀況下他們才能透過腦波與我們對話。」似乎搜尋到我的腦海裡不帶一絲思緒，突然之間他竟不知道該如何繼續下去，頓了頓才問道：「那麼，你還有什麼想問的嗎？」

我想問很多事情。**他們**是誰？從哪裡來？目的是什麼？清理地球有什麼好處？要把人類帶去哪兒？還有，為什麼是我？

「我們早已說過，請你不要幫助人類。你的出現只是加速地球的滅亡。」

又來了，又是車諾那一套。因為我的關係出現了超級變異種、環境急速惡化、大自然在反撲……我不自覺脫口而出：「車諾果然和你們是一夥的。」

「不，守墓人不一樣。他們不接受我們的援助，不相信方舟計畫。」

「你們一方面鼓勵移民，一方面將篩選掉的人遣返地球。還有，所謂的新居地又在哪？那些新移民是否安全抵達了？他們過得好嗎？」

我拋出一連串問題，白光沉默了一下，似乎在考慮該回答哪個比較好。

這次換我笑了：「既然你們無法回答，又怎麼能指望人類相信你們？」

「我們剛說過，人類只有在極特殊的狀況下才能透過腦波，主動與我們對談。」

我注意到白光說話的方式很奇特，從剛剛到現在，他總是用「我們」代替「我」。彷彿正在和我對話的不是他一個，而是一群人。

「我們無法跟太自以為是的人類溝通。只有人類打從心底接受我們，彼此的腦波才能毫無障礙地交流。」

「你的意思是，讓人類乖乖接受你們的安排，成為你們的一顆棋子嗎？」我聽了不以為然。雖然我不知道「上帝」為什麼願意大費周章耐心對我解釋，但我還記得**他們**曾說過的話。**他們**說，人類本該照著我們的安排行事。

很長的沉默，我幾乎以為白光不願意再開口。「請你看著我們。」他說。

我挑了挑眉。白光站在離我一公尺遠的地方，距離不是很近，可也沒有太遠，而我確實在看著他不是嗎？

他又重複了一次：「看著我們，眼睛對著眼睛。」

但我連你的眼睛在哪裡都不知道……

「你懂的，請用你的眼睛真正看著我們。」他的聲音很溫柔：「核，我們不怕你的質疑，只怕你不願相信。」

Chapter 21

鏡中的形象

要我相信什麼？我試著組織他的意思，卻摸不著頭緒。我只能盯著白光，試圖找出他的眼睛所在。

或許是一分鐘，或許是兩分鐘，我開始心浮氣躁起來。眼前的白光還是白光，並沒有任何改變，依舊勻稱地像是白色的油漆潑在白色的牆上般，白。我幾乎想放聲尖叫，為著過分的寂靜、過分的蒼白，還為我過分地服從「上帝」說的話而暗自生氣。

「核，你沒有看著我們。真正的。」在我想終止這莫名其妙的遊戲時，他的聲音又出現了。這次他透過腦波，讓我無所遁形。

真正？什麼是真正？我的能量是我真實的依靠，是我的同伴。但現在我感受不到他們，我的難過、激動、甚至是包容，全都無所依託了。我是一艘孤舟，飄蕩在白色的海上，不知道陸地在哪裡，四面都看不到盡頭。我對他怒目而視，直直地，毫不閃避。

而他，就像我投了一塊大石頭到海裡，除了很快被海水淹沒外，並沒能激出更多的反應。我沒有因為這小小的挫折而放棄，相反地，我更努力丟石頭，我想用我的憤怒激起他的憤怒，吞噬我也好，被我吞噬也好，總好過只有我獨自在這兒吵吵嚷嚷。

漸漸地，我彷彿察覺到了什麼。

原來我不是在打雙人對打的網球賽，這只是一場激烈的單人壁球，唯一的對手就是我自己。當我將球奮力擊向牆面，白色的牆不閃也不躲，只是以相同的力道將球反彈回來。

我放慢速度，反彈回來的球也跟著放慢速度，小幅度地跳躍了幾下。然後，我發現白色的牆不再均勻，在偏高些的位置上，那一片白隱隱約約透出與其他位置的白不同的明亮，浮著一層流動的光，我想，那就是眼睛。

不知不覺間，我方才的焦慮像潮水一樣褪去。

我看著他，感到意識正在進入，我沐浴在白色的光芒裡，像是在看著我自己。敞開自己，然後成為承載的容器。

我開始理解「上帝」的意思。當我卸下所有後，我才能真正看著他。

人類說，眼睛是靈魂之窗，飽含太多的情緒。但人類在交談時，其實很少看對方的眼睛，總是禮貌性地停留後，很快又避開。我想，人類照鏡子的時候，應該也很少一直盯著鏡子裡的自己吧。而原來，當一個人只能看著彼此的眼睛時，那些防備將自然而然慢慢消失。

我失去我的人類好友，我看見守墓人被超級變異種攻擊，我聽到戰爭帶來的哀號，我感受到隱藏在內心深處的不安、痛苦、自責，在脫去這些擔負後，我潸然落淚。

「我們終於可以開始真正的對話。」他說，微微一笑，白光流轉。

「你是誰？」這些日子來我第一次這麼平靜。「告訴我你真正的名字，白光底下又是什麼？」

很奇妙地，白色的光芒開始攏聚，我聽見熟悉的聲音響起：「人類一直想知道我們的樣子。」

「你是……橋之門？這就是你一直想找我談話的原因？」經過方才的情緒釋放後，現在的我似乎能承載任何意料之外的情況發生。

橋之門的聲音迴盪在這奇異的空間裡，低啞但沉穩，他繼續說：「但我們怕嚇到他們。」

「人類本來就知道你們是外星人，長相不可能一樣。為什麼還要隱藏？」

攏聚起的白光漸漸浮出一道輪廓。我早有心理準備，真正的橋之門將要出現。

輪廓越來越清晰，我屏息以待。

然後，我等到了橋之門。

明亮的眼睛，修長的四肢，高大的身材，那張臉和我記憶裡的橋之門如出一轍。

「我們怕嚇到人類，就因為我們長得和人類一樣。」

最大的害怕不在於不同，而在於一模一樣。

他的樣子又變了，這次是阿原博士，然後是將軍、安妮斯娜、艾斯醫生、霍然、斯維塔……

白光仍在流動，一張張我看過的、沒看過的臉孔不斷快轉變換著。我禁不住伸手想要碰觸，可是我的手穿過光線，卻只握住自己。「你們到底是誰？」

「名字對我們來說不重要，但人類曾用許多方式稱呼我們，上帝、造物主或是神。只因我們依照自己的形象創造出人類。」

Chapter 22

萬物的共存

「你們不可能是神。神是……神是……」我找不到適當的言語表達心中複雜的思緒。神是什麼？神是人類因為自己渺小而需要的依託，神是神話裡的主角，神是人類的精神信仰。可神怎麼會是外星人？

「核，你被框架綁住了，跳不出人類既有的思維。為什麼我們不可能是神？不管是上帝還是神，都不過是一個稱呼的方式。」

「如果你們真的是創造人類的神，為什麼還要清理地球？」對了，就是這一點讓我無法接受。對於人類來說，**他們**是父、是兄，對待從己身而出的子民們，不是更該好好呵護嗎？就如我熔合我的同伴，讓他們在我體內滋長著、保護著。

「我們不只創造人類，也創造了萬物。所有的一切皆是有生命的，萬物皆平等，而人類並不獨大。但人類不明白這點，依恃著智慧的果實，衍出無數的惡罪。當人類開始無止盡貪婪，也就等同剝奪其他生命生存的權利。」

白光不再流動，停在一個我十分熟悉的面容，那是我。

「但人類知道錯了。這兩百年來，他們禁用核能，努力地以再生能源養活自己。沒錯，現在的世界可能沒有兩百年前美麗，但總要給他們一點時間改變。」

「人類開採石油時，也以為這是源源不絕的資源。核，問題不在於人類可以用多少的資源，而在於人類太貪婪，學不會自我克制。其實我們已經給了人類很多次機會，但看看他們怎麼回報地球的？只用了短短幾百年，就把數十億年好不容易累積下來的地球資源消耗殆盡。」

我看著對面正在說話的我自己，吐不出一句反駁的話語。

「我們的外星朋友說，地球在求救，所以我們回來了。清理地球，恢復它原本的樣貌，這才是我們該做的。核，跟我們走。宇宙中還有許多能量，也還有許多地方需要你，你並不孤單。」

橋之門曾問我，是不是很想念我的同伴。的確，我想念我的同伴，但我現在也有了人類朋友。

「我不能走。」我搖頭。「我答應過人類，會跟他們站在一起直到最後一刻。」

「這是你的一廂情願。」他笑著，聲音如沐春風。「人類學不會團結，根本不知道『人類』要什麼。你看，即使在對抗我們這件事情上，他們每個人想的都不一樣。守墓人想要的是自我毀滅、艾斯醫生想的是利用你來救人、將軍想的卻是製造更多的攻擊武器……你口中的人類，難道就能代表全體人類的想法嗎？」

「你錯了。正因為每個人都有自己的想法，人類才是活生生的，他們會哭會笑會調皮搗蛋，有自私也有偉大，這才是真實的生命。」我想起了斯維塔。「你要消滅的不是一個群體，而是一個個活生生的人啊。你現在要做的，就跟將軍對醫院的病人見死不救一樣。」

「人類不會滅亡。他們可以參加方舟計畫，前往新居地。」

「但你們淘汰掉很多人。」

我感到他嘆了一口氣，似乎對我的冥頑不靈有些無奈，不過還是耐著性子繼續解釋：「人類的貪婪造就現在的命運。為了避免重蹈覆轍，我們才決定以方舟計畫篩選出適合移民的人類。同時，我們也採集了一批地球上的動植物，準備一起送到新居地。」

「篩選的標準是什麼？」我和將軍討論過這個問題，當時沒有答案。只是如果不是體格個性，也不是性別年齡，那又是——

不要抵抗。我們請求諸位，不要抵抗。

我們不怕你的質疑，只怕你不願相信。

……虔誠地敬服，全心地信仰，電光火石間，我突然幡然醒悟，原來這就是「上帝」的標準。當人類不再妄尊為大、心有所託時，也就能與萬物分享共存。

「你們為什麼不把篩選條件說清楚？只要解釋清楚『相信上帝』就是唯一的標準，大家都可以上方舟——」我說得很急，思慮越來越快，可接著，我卻無以為繼了。

「上帝」不可能像在菜市場上叫賣商品一樣，論斤論兩吆喝。就算**他們**真的說了，難道人類一股腦兒加入「上帝教」，就能代表這就是「全心誠服」嗎？只有經受考驗通過的，才是真正的敬服。

我感覺眼前的世界正在以一種我所陌生的方式重新組合。一切都在失序，離我越來越遠，越來越不可解。「宇宙裡是不是還有許多跟地球一樣的星球？像人類一樣的生物？」

「人類並不獨大。」

「他們都是你們創造的？」

「一部分是。」

「那麼，你們為什麼選中我？」

「人類的罪不必由你來承擔。你不是阿拉丁神燈，你可以做自己。」

「可是斯維塔還這麼小，這世上還有許多無辜的人，如果大家都能上方舟……」

「死亡不是終點，而是生命的延續。核，你擁有遠比人類還要純良的心，但你只看到個體。我們不會停下清理地球的計畫，而你，應當將能力運用在正確的地方。」

這就是為什麼他在說話時，總是以「我們」開始嗎？在「上帝」眼裡，萬物的福祉遠比單獨的個體更重要。而地球，才是那唯一的「一切」。

「……我不知道。」我很惶惑，像個孩子一樣不知所措。人類創造我，在我身上設置閥開關，教導我以人類利益為優先。我怎能眼睜睜看著人類走向滅亡，像霍然一樣一片片剝落血肉，失去生命。但是地球在為自己的生存求救，只因人類的貪婪。

什麼才是正確的？一直以來，都是人類告訴我該怎麼做，我希望「上帝」也能直接告訴我答案。可他卻問：「你還記得熔合同伴的感覺嗎？」

我記得。他們不滿、躁動，暴烈地在我體內橫衝直撞，直到漸漸安歇，與我熔為一體。

「那是他們的感覺，不是你的。核，你的感覺是什麼？」

「我？」從來沒有人問過我的感覺，而我向來承載著同伴的經歷。我想了很久、很久，在拋開所有的承載後，我自己又是什麼？「我很難過、很哀傷，不明白留下來的為什麼是我。我所能做的，就是緊緊擁抱住他們，只因我知道……這是正確的。」這麼多年過去了，我以為我能保持冷靜，但我的聲音在顫抖。原來哀傷從未褪去，只因為正確，即使我被我的孩子誤解，也無所畏懼。

「人類也是你的同伴啊。」他說。

行所當行，即使會難受、會沮喪，也當勇往前行，直到最後一刻。

有著我的面容的他，微微一笑，白色的光芒漸漸隱去。奇異的空間只剩下我，淚水無聲滑落。

「烏塔爾——我的母親……」我感到身上的能量回來了，像湖水般靜謐，低低喚著我。「我們要去哪？」

「我們回家。」我溫柔說，輕輕擦掉眼淚。

「回家？回普羅米修斯之墓嗎？」

我抬起頭，在那層層疊疊的空間外，有一顆美麗的藍寶石，彷彿晶瑩的淚水，點綴著普羅米修斯的火把。

我是核，是終結，也是開始。

And he that sat upon the throne said, Behold, I make all things new. And he said unto me, write: for these words are true and faithful. And he said unto me, It is done. I am Alpha and Omega, the beginning and the end. I will give unto him that is athirst of the fountain of the water of life freely.

(Revelation 21: 5-6)

那位坐在寶座上的說：「看哪，我把一切都更新了！」他又說：「你要寫下來，因為這些話是可信靠的，是真實的。」他又對我說：「成了！我是阿拉法，我是俄梅戛；我是創始的，也是成終的。我要把生命的泉水白白賜給那口渴的人喝。」

〈啟示錄〉21:5-6

釀奇幻86　PG3125

核·普羅米修斯之墓

作　　者　Yang
責任編輯　劉芮瑜
圖文排版　陳彥妏
封面設計　王嵩賀

出版策劃　釀出版
製作發行　秀威資訊科技股份有限公司
114 台北市內湖區瑞光路76巷65號1樓
電話：+886-2-2796-3638　傳真：+886-2-2796-1377
服務信箱：service@showwe.com.tw
http://www.showwe.com.tw
郵政劃撥　19563868　戶名：秀威資訊科技股份有限公司
展售門市　國家書店【松江門市】
104 台北市中山區松江路209號1樓
電話：+886-2-2518-0207　傳真：+886-2-2518-0778
網路訂購　秀威網路書店：https://store.showwe.tw
國家網路書店：https://www.govbooks.com.tw
法律顧問　毛國樑　律師
總 經 銷　聯合發行股份有限公司
231新北市新店區寶橋路235巷6弄6號4F
電話：+886-2-2917-8022　傳真：+886-2-2915-6275

出版日期　2025年6月　BOD一版
定　　價　300元

讀者回函卡

Printed in Taiwan

國家圖書館出版品預行編目

核.普羅米修斯之墓 / Yang著. -- 一版. -- 臺北市 :
釀出版, 2025.06
面；　公分. -- (釀奇幻 ; 86)
BOD版
ISBN 978-626-412-087-6(平裝)

863.57　　114003417